Tamsyn Murray

CHARLY

Meine Chaosfamilie und ich

Aus Versehen genial

Ins Deutsche übertragen
von Diana Steinbrede

Schneiderbuch
EGMONT

Bei diesem Roman handelt es sich um eine erfundene Geschichte. Namen, Charaktere, Orte und Ereignisse entspringen der Fantasie der Autorin. Falls sie einen realen Ursprung haben, wurden sie von der Autorin fiktional verändert. Daher lassen sich keine Rückschlüsse auf real existierende Personen ziehen.

1. Auflage

verlegt durch EGMONT Verlagsgesellschaften mbH,
Gertrudenstraße 30–36, 50667 Köln

Die englische Originalausgabe erschien 2015 unter dem Titel
„Completely Cassidy – Accidential Genius“ bei
Usborne Publishing Ltd., London, England

Illustrationen: Antonia Miller
Übersetzung aus dem Englischen: Diana Steinbrede
Umschlaggestaltung: Guter Punkt, München | www.guter-punkt.de
Layout: Angela May Grafikdesign & Buchgestaltung, Mettmann
Printed in Germany (671575)
ISBN 978-3-505-13782-2

www.schneiderbuch.de

MIX
Papier
FSC FSC® C014496

Für die Schüler der Oakmere Grundschule und der Wroxham Schule, die wissen, dass LESEN TOTAL ROCKT.

KAPITEL 1

Mein Leben ist ein Witz. Wobei, eigentlich stimmt das nicht – es ist zu **tragisch**, um witzig zu sein. Aber es **ist** eine totale Katastrophe. Du denkst jetzt vielleicht, dass ich ein klitzekleines bisschen **übertreibe**, aber das kommt nur daher, weil du nichts über den ganzen Horror weißt. Es ist nämlich so: Morgen ist mein erster Tag an der weiterführenden Schule, und ich weiß jetzt schon, dass ich das Mädchen sein werde, auf das jeder zeigt und über das alle lachen. Ehrlich, es wird noch schlimmer als damals auf der Schulversammlung, als ich fünf war und aus Versehen meine ausgeleierte graue Unterhose aufblitzen ließ, was mir ein Jahr lang den Spitznamen **Miss Windelschlüpfer** einbrachte. Und das war schon schlimm genug.

Zuerst einmal habe ich den lächerlichsten Namen in der Geschichte der Namensgebung. Ich meine, wer nennt ein Mädchen schon **Charly**? Meine Eltern, die machen das. Obwohl das nicht so schlimm ist wie **Moon Unit**. So hat ein alter Rockstar seine Tochter genannt. Eltern sollten die ausgewählten Namen bei irgendeinem Babynamen-Gericht vorlegen müssen, bevor sie sie auf die Geburtsurkunde schreiben dürfen. Das würde einem später eine Menge Hänselei ersparen. Es ist ja noch ganz in Ordnung, in der Grundschule mit einem komischen Namen anzufangen. Da sind noch alle zu sehr mit Knete beschäftigt, um sich darum zu kümmern. Aber die weiterführende Schule ist anders. Ich will gar nicht wissen, wie viel Gekicher es gibt, wenn zum ersten Mal die Namenslisten vorgelesen werden.

Damit könnte ich wahrscheinlich klarkommen, wenn es das Ende vom **Albtraum** wäre. Aber das ist es nicht. Noch schlimmer, als den dämlichsten Namen der Welt zu haben, ist nämlich der hässliche Schulblazer, den ich tragen muss. Wirklich, der ist so **riesig**, dass meine Fingerspitzen fast im Ärmel verschwinden, und die Schulterpartie sieht so aus, als wäre sie aus den Achtzigern übrig

geblieben. Genau genommen hat er mal meinem Bruder Liam gepasst. Und da der ein vierzehnjähriger **Bulldozer** ist und ich elf bin, ist das die totale Katastrophe. Im Futter der Innentasche ist ein großes Loch, das wie dafür geschaffen ist, dass ich meine Sachen verliere. Und dann der Geruch. Wie muffiges altes Gras und Käsefüße. Ich **sollte** wahrscheinlich dankbar dafür sein, dass er nicht so stinkt wie Liam. Aber wenn man riecht wie **„Das Mädchen ohne Deo"**, ist es schwer, den Silberstreif am Horizont zu sehen.

Mum ist das anscheinend egal. Ich habe ihr schon wochenlang gesagt, dass ich eine neue Uniform brauche, aber sie hört mir ja nicht zu. Ehrlich, manchmal ist es sogar so, als wäre ich gar nicht da. Also haben wir es natürlich erst am letzten Wochenende der Schulferien zum Uniform-Laden geschafft, und sie hatten keine kleinen Blazer mehr. Das schien Mum aber gar nichts auszumachen, nicht mal, als Liam anfing zu lachen und meine Unterlippe zitterte. Sie hat nur müde ihren **mächtig dicken Babybauch** gerieben und gesagt: „Hör auf zu heulen, Charly. Es wird dich schon nicht umbringen, ein paar Tage lang den alten von Liam zu tragen.“

Dagegen konnte ich nicht viel sagen. Im Prinzip hat sie recht, ich werde wahrscheinlich nicht daran sterben, wenn ich Liams abgelegte Klamotten tragen muss (obwohl da eine verdächtig klebrige Masse in einer Tasche ist, die aussieht wie irgendeine **Biogefährdung**), aber Coolness-Punkte bringt mir das auch nicht gerade ein. In Wirklichkeit hätte sie mir genauso gut ein riesiges **L** für Loser auf die Stirn tätowieren können.
In solchen Momenten wünsche ich mir, ich wäre eine Waise. Natürlich nicht Oliver Twist.

Eine reiche, und am besten aus der königlichen Familie.

Egal, verstehst du mein Problem? Ich habe Molly und Sina gesimst, um mir Rat zu holen, aber sie waren keine große Hilfe. Molly schlug vor, ich sollte die Ärmel aufkrempeln, wie sie das letzten Monat in einem **Mode**magazin gesehen hat. Ich sagte ihr, das würde vielleicht mit einem schicken kleinen und modischen Blazer funktionieren, aber ein **gestärkter Ärmel** aus hundert Prozent Polyester wäre da etwas widerstandsfähiger gegen modische Anpassungen. Sina meinte, es gäbe Kinder in Afrika, die hätten gar keine Kleidung und wären froh, wenn sie meine Blazer-Probleme hätten. Vielleicht kann ich ihn ja spenden. Man könnte ihn als Zelt benutzen.

Ich weiß genau, was du jetzt sagen willst: Warum erzähle ich meiner Mum nicht, dass ich eine **schrecklich ansteckende Krankheit** habe, und drücke mich vor der Schule? Tja, daran habe ich auch gedacht, als ich Liam auf der Treppe begegnet bin. Er musterte mich von Kopf bis Fuß und lachte höhnisch.

„Der unheimliche Hulk hat angerufen. Er will seinen Blazer zurück."

Dann grinste er total fies und verschwand in seinem Zimmer. Dabei fiel ihm nicht mal auf, dass er sich gerade selbst beleidigt hatte. Er ist so ein Vollpfosten. Ich bin sicher, dass du total verstehst, warum ich ihn hasse. Sogar der Dalai Lama würde es schwierig finden, ihn zu mögen, dabei ist es sein Job, jeden zu lieben. Der Halbbruder von Sina ist siebzehn und bringt ihr jedes Mal haufenweise coole Sachen mit, wenn er vorbeikommt. Liam reißt immer nur blöde Witze über mich und jammert, wenn Mum und Dad ihn zum

Babysitten verdonnern. Wenn er mich schon nervig findet, soll er erst mal abwarten, bis die Zwillinge da sind. Molly sagt, sie hat gesehen, wie ihr kleiner Cousin als Baby seinem Dad ins Gesicht gepinkelt hat. Ich hoffe also schwer, dass die Zwillinge im **Krieg der Geschwister** auf meiner Seite sind.

Nachdem ich aufgehört hatte, vor seiner geschlossenen Tür Grimassen zu schneiden, bin ich nach unten gegangen. Dort war Mum gerade damit beschäftigt, meinen Namen in den Rest meiner neuen Uniform zu sticken. Die Sache mit der Krankheit hat sie mir nicht abgekauft.

„Charly Bond, du hast keine Malaria", schnauzte sie, als ich die Symptome herunterleierte, die ich bei Google nachgeguckt hatte. „Und hör auf, über deinen Blazer zu meckern. Krempel die Ärmel auf, wenn sie zu lang sind."

Für sie ist alles in Ordnung, sie ist im sechsten Monat schwanger – für sie ist **nichts** zu groß. Aber als ich das sagte, sah sie ziemlich ärgerlich aus. Also beschloss ich, nicht zu erwähnen, dass das Abzeichen auf der Tasche auch noch schief aufgenäht ist. Schwangere Frauen sind anscheinend sehr mürrisch. Oder vielleicht ist das auch nur bei meiner Mum so.

Jetzt liege ich also im Bett und wünsche mir, es wäre immer noch Samstagnacht und niemals Sonntag, und suche nach einem anderen Weg, morgen die Schule zu vermeiden. Wenn ich es mir fest genug wünsche, bricht vielleicht ein Monsterschneesturm aus, der alle einschneit und dafür sorgt, dass die Schule geschlossen bleibt. Das wäre echt cool. Wer weiß, vielleicht habe ich ja ein verstecktes Talent dafür, das Wetter zu kontrollieren – ich habe es noch nie versucht. Vielleicht bin ich insgeheim eine **Mutantin**, so wie die in den **X-Men**-Filmen. Wenn ja, würde mir das gar nicht viel ausmachen. Ich wette, Wolverine musste nie eine schlecht sitzende Schuluniform tragen.

Was meine Mum anscheinend nicht kapiert, ist, dass ich mir **wirklich** Sorgen mache wegen morgen, und nicht nur wegen dem **Ding, dessen Namen nicht genannt werden darf** (momentan in einem Haufen auf meinem Schlafzimmerboden). Ich meine, in der Westwood Grundschule wusste ich, wo ich war. Ich, Sina und Molly waren vom ersten Tag an beste Freundinnen, und, unter uns gesagt, wir kannten alle. St. Jude's ist viel größer und voller Fremder, die sich über einen lustig machen (abgesehen von Liam und seinen dämlichen Freunden, die so bescheuert sind, dass ich wünschte, ich würde sie **nicht** kennen). Was, wenn ich mich verirre? Was, wenn ich einen der

Zehntklässler aus Versehen komisch angucke und er mich verprügelt? Was, wenn ich so viele Hausaufgaben aufkriege, dass ich keine Zeit für meine Freundinnen mehr habe? Obwohl, wenn ich jetzt so drüber nachdenke ... Liam ist eigentlich nie besonders lang mit seinen Hausaufgaben beschäftigt. Ich glaube aber, das liegt daran, dass er später Rockstar werden will (ha, ha) und sich nicht viel aus der Schule macht. Dad hat letzte Woche gesagt, dass Liam sich dieses Jahr **zusammenreißen** muss, sonst wird seine Gitarre beschlagnahmt. Für mich kann das nur gut sein. Wenn er darauf spielt, hört es sich nämlich an, als würde er die Katze von nebenan erwürgen.

Molly und Sina machen sich auch Sorgen, selbst wenn sie das nicht zugeben. Wir „tun gleichgültig“, wie mein Dad es immer nennt, und reden darüber, als ob es die beste Sache der Welt wäre. Aber unter uns: Ich habe Zweifel, dass wir den ersten Tag überleben werden. Irgendwie hoffe ich fast, dass ich unter dem zornigen Blick eines vorbeigehenden Elftklässlers zu Staub zerfalle. Dann werden meine Eltern es bereuen, dass ich den **Blazer vom Käsefuß-Bulldozer** tragen musste. O ja, das werden sie.

Herausgerissene Seite aus Mums Buch
BESTELLUNG BEIM UNIVERSUM

Wie man vom Leben bekommt, was man will

Das Geheimnis, wie man etwas vom Leben bekommt, ist einfach: Bitten Sie das Universum darum, es Ihnen zu geben! Sie wollen neuen Lipgloss, ein neues Aussehen, ein neues Leben? Alles, was Sie tun müssen, ist, es laut auszusprechen, und das Universum wird einen Weg finden, Ihnen alles zu liefern.

Schreiben Sie hier Ihre Einkaufsliste für das Universum auf:

Liebes Universum,
was ich am meisten will, ist ein Talent. Etwas, worin ich wirklich gut bin. Molly ist eine **großartige** Sängerin, Sina ist die **Berkshire-Junior-Meisterin im Schwimmen**, und Liam hat sein **Gitarrenspiel** (wenn man das so nennen kann). Ist es zu viel verlangt, dass ich endlich das finde, worin ich am besten bin? Dann noch **Beine wie ein Supermodel** und **Haare wie das Mädchen aus der Shampoo-Werbung**.

Danke!

KAPITEL 2

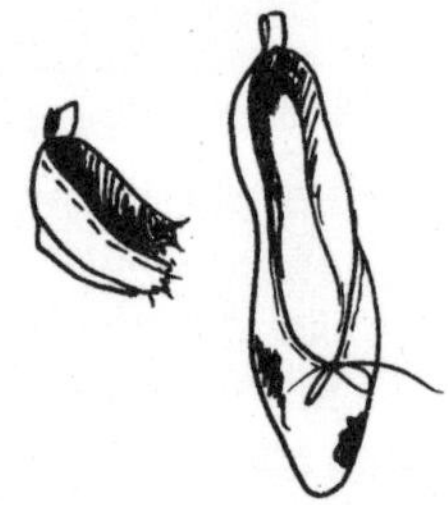

Ich nehme an, dass ich irgendwann eingeschlafen bin, denn als ich aufwachte, war der **Tag X** gekommen, und absolut null Schneeflocken waren gefallen, während ich geschlafen hatte. So viel zur **X-Men**-Theorie. In Wirklichkeit fing der **Tag X** genauso an, wie ich mir den Beginn vom schlimmsten Tag meines Lebens vorgestellt hatte: mit der herzzerreißenden Entdeckung, dass Rolo einen meiner nagelneuen Schulschuhe gefressen hatte. Ich meine, wie typisch ist das denn? Zum ersten Mal habe ich es geschafft, meine Mum zu überzeugen, mir vernünftige Schuhe zu kaufen, und mein dummer Hund macht sie kaputt.

„Du hättest sie nicht herumliegen lassen sollen." Mum schniefte, als ich ihr die angenagten Überreste eines Ballerinas zeigte. „Als du dir einen Welpen gewünscht hast, habe ich dir gleich gesagt, dass Labradore gern Sachen ankauen. Jetzt musst du die alten tragen. Oder die dünnen Schnürschuhe, die Tante Jane dir gekauft hat."

Sie sagte es so, als ob es irgendwie mein Fehler wäre, dass wir einen Hund haben, der alles frisst, von Socken bis hin zu Seifenstücken. Ich meine, ich gebe ja zu, dass er mein Hund ist. Wir haben ihn zu meinem zehnten Geburtstag bekommen, bevor wir wussten, dass Mum und Dad die Anzahl von Mäulern, die sie zu stopfen haben, **verdoppeln** würden. Damals hatte ich diese fixe

Idee, dass Labradore den ganzen Tag mit Klopapierrollen spielen und blinden Leuten über die Straße helfen.

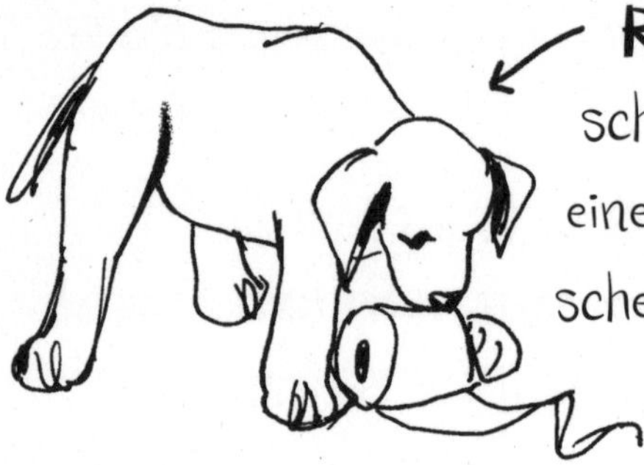

Rolo war der einzige schokoladenbraune in einem Wurf von verwaschen gelben Welpen und sprang begeistert über seine Brüder und Schwestern hinweg auf uns zu. Erst als wir ihn mit nach Hause genommen hatten und er einen Geschmackstest bei der gescheckten Katze von nebenan startete, wurde uns klar, dass wir vielleicht einen Fehler gemacht hatten. Aber da war es zu spät.

Meine alten Schuhe sind aus marineblauem Leder mit gestickten Kätzchen vorne drauf, aber nicht etwa im Retro-Look wie **Hello Kitty**. Und in den Schnürschuhen von Tante Jane fühle ich mich wie achtzig. Mit anderen Worten: Beide sind absolut tabu für den ersten Tag auf der weiterführenden Schule. Natürlich hat meine Mutter keine Ahnung, was für die Modefreaks aus der Siebten akzeptabel ist. Ein paar Minuten nach ihrem letzten lächerlichen Vorschlag watschelte sie auf der Suche nach den Autoschlüsseln an mir vorbei und warf mir einen ungeduldigen Blick zu. „Charly, du kannst die Ballerinas nicht mit Klebeband zusammenkleben. Such die mit den Kätzchen raus, sofort! Du willst doch an deinem ersten Tag nicht zu spät kommen."

Doch, genau das wollte ich. Am besten gleich sieben Stunden zu spät, aber als ich ihr das sagte, stellte sie sich taub. Liam war mal wieder wenig mitfühlend. Als er auf dem Weg zum Auto meine Füße sah, prustete er los.

„Wenn irgendjemand fragt, dann bist du adoptiert, okay? Ich habe an der **St. Jude's** einen Ruf zu verlieren."

Ich war drauf und dran zu sagen, dass ich wünschte, ich wäre **adoptiert**, aber Mum hörte zu, und sie wird sauer, wenn ich das sage. Für jemanden, der behauptet, dass er mich liebt, lässt sie sich das kaum anmerken. Wenn ich ihr wirklich wichtig wäre, würde sie mich heute zu Hause bleiben lassen.

Und die nächsten sieben Jahre auch.

Wie du dir also wahrscheinlich schon denken kannst, musste ich gehen. Sie bekam ganz feuchte Augen, als wir am Schultor ankamen, und bestand darauf, mich zu umarmen UND mir einen Abschiedskuss zu geben. Ich glaube, sie wäre sogar mit auf den Schulhof gekommen, wenn ich es ihr erlaubt hätte. Es ist gut, dass die Zwillinge unterwegs sind. Wenn sie sich um richtige Babys kümmern muss, hört sie vielleicht auf, mich wie eins zu behandeln. Ich bin fast vor Scham gestorben, als ich um mich herum die makellosen Blazer meiner neuen Klassenkameraden sah, und fragte mich, ob sie mein **Teenager-Aroma** bemerkten. Ich könnte ihnen nicht mal einen Vorwurf machen, wenn sie hinter meinem Rücken über mich lachten. In Kombination mit den Kätzchen sah ich nicht gerade blendend aus. Aber niemand sagte etwas Gemeines, nicht mal, als die Namensliste vorgelesen wurde – obwohl ich dankbar bin, dass **Justin Bibber** dabei die meisten Lacher bekam. Es hat mir geholfen, dass Sina und Molly und ich die meisten Fächer zusammen haben, zumindest im Moment. Sie haben mich mit einer Flut von dummen Kommentaren und Witzen von meinem Klamotten-Desaster abgelenkt. Ehrlich, sie sollten ihre eigene Fernsehsendung haben oder so was – sie sind **so** witzig.

Nach der Registrierung gingen wir in den Englisch-Raum **(toll!)** und zu Mathe **(nicht so toll)**, und zwischen meinen witzigen besten Freundinnen und den netten Lehrern war ich erstaunt, als ich merkte, dass mir der erste Morgen tatsächlich Spaß machte. Bis zum Beginn der Mittagspause schaffte ich es sogar, Liams Existenz zu vergessen. Wir standen in der Schlange der Schulmensa, als ein Schatten auf mich fiel, und während ich hochsah, ragte er drohend vor mir auf.

„Alles klar, Knalltüte?“, fragte er, und seine Idioten-Kumpel kicherten hämisch, als wäre das die lustigste Sache der Welt. „Hast du dich schon blamiert?“

„Kenne ich dich?“, fragte ich.

Er streckte die Hand aus und fuhr mir mit seiner knochigen Faust grob durchs Haar, weil er weiß, wie ich das hasse. „Gib uns was von deinem Essensgeld."

„Wo ist dein eigenes?" Ich duckte mich mit einem finsteren Blick unter seiner Hand weg.

„Habe ich verloren."

Ha, wohl eher für Süßigkeiten ausgegeben. Aber seine Freunde starrten mich alle an, als ob ich sechs Köpfe hätte, und das war mir unangenehm. Ich wollte, dass sie abhauten, und es gab nur einen Weg, das zu erreichen. Ich steckte meine Hand in die sichere Tasche, nicht die **radioaktive**, und zog meine Minnie-Mouse-Geldbörse heraus. „Mum wird darüber nicht sehr glücklich sein."

Er nahm das Geld, das ich ihm hinhielt, und

lächelte. „Darum wirst du ihr auch nichts davon erzählen. Bis später, Knalltüte."

„Es muss schön sein, einen großen Bruder wie Liam zu haben", sagte Molly, als er gegangen war, und starrte ihm mit einem merkwürdig sehnsüchtigen Blick hinterher.

„O ja, **großartig**", gab ich zurück und legte so viel Sarkasmus wie möglich in die Worte. „Ich mag es besonders, wenn er mir so viel Geld abknöpft, dass ich mir selbst kaum noch was zu essen kaufen kann."

Sie seufzte. „Aber er schätzt dich total als kleine Schwester, nicht wahr? Er würde doch für dich da sein, wenn es drauf ankommt?"

Sina und ich tauschten einen Blick. Molly ist ein Einzelkind in einer ansonsten großen griechischen Familie, und sie hat komische Vorstellungen davon, wie es wirklich ist, Geschwister zu haben.

Ich bin sicher, dass sie denkt, wir ziehen los und erleben geheime **Fünf-Freunde**-Abenteuer, wenn sie gerade nicht hinschaut. Sie darf auch keine Haustiere haben, darum ist sie verrückt nach Rolo. Ich verschränkte die Arme und tat so, als würde ich über die Frage nachdenken.

„Mal sehen: Wenn ich diejenige ohne Geld wäre, glaubst du, er würde seins mit mir teilen?"

Sie fing an zu nicken.

Ich unterbrach sie mit einem mitleidigen Blick. „Nein, würde er nicht."

Ein rührseliges Lächeln huschte über ihr Gesicht. „Aber er hat tolle Haare. Und ein süßes Lächeln."

Mir fiel die Klappe fast runter bis auf den Betonboden. Wann hatte sie Liam jemals lächeln sehen? Er kommt kaum aus seinem Zimmer, wenn meine Freundinnen da sind, und wenn doch, dann nur mit einem höhnischen Grinsen. „Molly Papadopoulos, du denkst doch nicht etwa das, was ich denke, dass du es denkst?"

Molly blickte schuldbewusst drein. „Was? Ich sage nur, dass er nicht schlecht aussieht. Das heißt nicht, dass ich ihn heiraten will oder so."

„Hört sich an, als ob du auf ihn stehst", sagte Sina in spöttischem Singsang. „Molly liii-hiebt Liam!"

„Tue ich nicht!", quiekte Molly und lief mindestens so rot an wie ihre prall gefüllte Butterbrottasche. „Als ob überhaupt jemand auf Charlys stinkenden Bruder stehen könnte. Da würde ich lieber Mr Brundell knutschen. Igitt, igitt, igittigitt."

Mr Brundell war der uralte Hausmeister an unserer Schule. Ich weiß nicht, was schlimmer war: der schräge Singsang von Sina oder Mollys

Zuneigung zu einem Rentner. Außerdem kam es mir vor, als ob sie ein bisschen zu viel protestierte. **Niemand** will Mr Brundell küssen, nicht mal meine Mum, dabei haben sie praktisch das gleiche Alter. Molly musste wohl gemerkt haben, dass ich fast ausgeflippt wäre. Sie hat nichts gesagt, aber sie hat mir auf dem Heimweg einen Schokoriegel mit Brauseperlen gekauft, was unter uns dreien ein allgemeines Friedensangebot ist. Trotzdem: Es braucht eine ganze Menge mehr als so ein bisschen Schoki, damit ich ihre Gefühlsduselei vergesse!

Wenigstens war das das Schlimmste, was an diesem Tag passiert ist. Und niemand hat mich gehänselt, was auf jeden Fall ein Pluspunkt war. Morgen kann es allerdings ganz anders aussehen, was ein sehr deprimierender Gedanke ist. Wird wirklich von mir erwartet, dass ich sieben ganze

Jahre lang die gleiche **Folter** ertrage? Das ist unmenschlich. Es sollte ein Gesetz dagegen geben. Eigentlich könnte ich direkt dem Premierminister schreiben. Im Viktorianischen Zeitalter mussten Kinder nicht zur Schule gehen, stattdessen konnten sie sich eine Arbeit suchen. Ich will damit nicht sagen, dass ich Schornsteinfeger werden will (obwohl ... hast du **Mary Poppins** gesehen? Scheint witzig zu sein), aber es wäre schön, wenn man die Möglichkeit hätte. Ein Premierminister muss sich doch sicher um so wichtige Entscheidungen wie diese kümmern, oder?

Als ich nach Hause kam, folgte der Sturzflug. Mum hatte meine Schlafzimmertür aufgelassen, als sie meine Wäsche geholt hatte, und Rolo musste ihr gefolgt sein, denn auf meinem ganzen Bettbezug waren schlammige Pfotenabdrücke und Kotzflecken voller Gras verteilt. Das fasst mein

Leben ganz gut zusammen. Ehrlich, Hagrid, wann kommst du endlich mit meiner Einladung nach Hogwarts? **Wann????**

herausgerissene Seite aus Mums Buch
LIEBE DEIN LEBEN!

Manchmal hilft es, **positiver** zu denken, wenn man das aufzählt, wofür man dankbar sein kann.

Nutze diesen Platz, um ein paar Dinge aufzuschreiben, die du an deinem jetzigen Leben magst:

* Meine Augen – sie sind grau mit goldenen Sprenkeln in der Mitte, wie die von meinem Dad, und mit wirklich langen Wimpern. Gott sei Dank habe ich nicht auch seine Haare bekommen, die ganz drahtig sind, wie diese Topfbürsten-Dinger. Wenn ich allerdings die Wahl gehabt hätte, hätte ich mich nicht für mausbraun entschieden. Danke, Gene.

* Ich kann meinen eigenen Ellbogen lecken. Anscheinend ist das nicht so selten, aber ich habe noch nie jemanden getroffen, der das auch kann. Bis das Universum sich mit meiner Bestellung beschäftigt, ist das mein einziges Talent.

* Meine besten Freundinnen – Molly und Sina sind beide spitze. Ich habe wirklich Glück, dass ich sie habe.

... Fortsetzung
(offensichtlich ist die Lage nicht so schlecht, wie ich dachte)

* Meine Eltern sind immer noch zusammen. Die Eltern von Sina haben sich getrennt, als wir in der dritten Klasse waren, und ihr Dad hat jetzt diese schreckliche Freundin, die viel jünger ist als er. Ich hoffe, Mum und Dad lassen sich niemals scheiden.

* Ich bin nicht hässlich. Okay, ich bin auch kein Supermodel, aber meine Oma nennt mich „präsentabel". Ich hätte zwar gern Mollys Locken oder die weiche hellbraune Haut von Sina, aber ich finde es nicht schlimm, wie ich aussehe.

* Rolo – er ist vielleicht der verrückteste Hund der Welt, aber er ist MEIN verrückter Hund. Obwohl ich wünschte, er würde nicht immer zuerst fressen und dann die Fragen stellen. Und könnte er vielleicht manchmal auf ein anderes Bett kotzen?

KAPITEL 3

Ich bin nicht hundertprozentig sicher, dass ich nicht immer noch schlafe und das alles träume, aber ich **glaube**, ich habe die erste Woche auf St. Jude's ohne große Katastrophen überlebt. Klar, es gab da einen etwas peinlichen Moment, als ich vor einer Gruppe von Jungs aus der Neunten gestolpert bin und sie „Immer auf die Schnauze!" sangen, bis wir außer Hörweite waren, aber weil mir so was ständig passiert, zählt das wohl kaum. Was noch erstaunlicher ist: Mum hat anscheinend gemerkt, dass ich ziemlich gestresst war, und gefragt, ob ich am Freitagabend eine Pyjamaparty mit Molly und Sina veranstalten will. Das passiert sonst nie, außer an meinem Geburtstag, wegen eines unglücklichen Zwischenfalls vor ein paar Jahren, in den Mums Glätteisen und Mollys Locken verwickelt waren. Sie sind irgendwann wieder nachgewachsen, aber das Glätteisen riecht immer noch angeschmort.

Mum hat mir sogar etwas Geld gegeben, damit ich mir am Samstagmorgen Schuhe kaufen kann. Ich nehme an, es sind die Schwangerschaftshormone, wegen denen sie sich so **abgefahren** benimmt. Trotzdem habe ich mich gefragt, ob meine echte Mutter vielleicht entführt und durch ein schein-nettes Alien ersetzt wurde, das an uns experimentiert, während wir schlafen. Aber nur, bis ich gesehen habe, wie sie **Käsestreifen** in ein

Glas mit Aprikosenmarmelade getunkt hat. Was soll das überhaupt mit der Schwangerschaft und den ekelhaften Essenkombis? Ich sag dir was: Je mehr ich sehe, umso sicherer bin ich, dass ich **nie** Kinder bekommen werde.

Egal, Sina, Molly und ich saßen im Schlafanzug auf meinem Bett, mampften ein Paket Kekse und versuchten, das Gejammer von Liams Gitarre zu überhören, das durch die Wand drang. Sina hatte mich gerade gefragt, ob ich für den Frontmann von **The Droids** Freundschaft, Liebe oder Hass empfinden würde.

„Echt jetzt!“ Ich zeigte auf das Poster an meiner Wand. „Hast du ihn mal angesehen? Natürlich Liebe.“

„Okay, du kannst Rory haben“, sagte Sina.

„Solange ich Ziggy bekomme. Molly, wen willst du?"

Molly schniefte. „Ich ziehe richtige Musiker vor. Solche, die ihre Instrumente wirklich spielen können, anstatt nur so zu tun. The Droids sind eine künstlich erzeugte Band – sie verdienen es nicht, erfolgreich zu sein."

Ein besonders lautes Heulen durchbrach die Luft. Ich runzelte die Stirn. Anders als mein Bruder hatte sie auf jeden Fall neue Saiten aufgezogen. „Du hörst dich an wie Liam. Das ist so ein Spruch, mit dem er jeden Samstagabend ankommt."

Sie wurde etwas rosa. „Er hat recht. Und ich wette, seine Band ist viel besser. Wie heißen sie noch mal?"

Mein Stirnrunzeln verstärkte sich. Es sah Molly gar nicht ähnlich, sich nicht an unseren endlosen Unterhaltungen über Rory, Ziggy und Joel zu beteiligen. Wo kam dieser ganze Quatsch über richtige Musiker her? Ich schüttelte verwirrt den Kopf. „Irgendwas Dämliches, so wie **Hundeatem**. Und nein, sie sind nicht besser als The Droids. Zuerst einmal können sie nicht singen. Stattdessen schreien sie die Wörter fast, so als ob sie über alles wütend wären."

„Wenigstens sind die Jungs von The Droids süß", warf Sina ein und starrte mit einem langen Seufzer auf mein Poster. „Liam und seine Jungs von der Band sehen aus wie ein Haufen Vierzehnjähriger, die versuchen, cool zu sein."

Wahrscheinlich, weil sie ein Haufen Vierzehnjähriger **sind**, die versuchen, cool zu sein.

„Ja, wart's nur ab, bis du Liam morgen siehst, wenn er sich aus seinem Loch geschleppt und die Haare bis zur Nase eingegelt hat", sagte ich mit wütender Stimme. „Dann findest du ihn nicht mehr so toll."

Molly reckte ihr Kinn vor, und ich wusste sofort, dass sie streitlustig war. Ich habe diesen Blick oft genug gesehen, zum Beispiel als sie sich in der Dritten auf Jake Marshall stürzte, weil er ihr **Tamagotchi** geklaut hatte, und ihre Mutter zum Direktor gerufen wurde. Sina musste die Warnzeichen auch bemerkt haben, denn sie hob schnell die Kekspackung hoch und schüttelte sie. „Wir haben keine Vorräte mehr. Hast du noch was zu essen, Charly?"

„Kommt, wir plündern den Kühlschrank", schlug ich vor, dankbar für die Ablenkung. „Mum hat da eine Familienpackung Schokobonbons gebunkert. Eine von euch kann sie ablenken, und ich schmuggle die Bonbons dann hoch, wenn sie gerade nicht hinschaut."

Ausnahmsweise war ich mal froh, auf der Treppe Liam zu treffen. Er würde uns bestimmt komplett ignorieren, und Molly würde sehen, wie schrecklich er war. Aber sie hatte andere Pläne.

„Hi, Liam", sagte sie und lächelte ihn an.

Ich wartete auf den unvermeidlichen Anraunzer.

„Oh, hallo, Ladys", antwortete er und schnippte sich den schweren Pony aus den Augen. „Wie geht's?"

Ich verdrehte die Augen. Wenn es eine Sache gibt, die Liam nicht kann, dann eine billige Anmache zustande bringen.

Aber Molly sog alles begierig auf. Genau genommen könnte ich schwören, dass sie sogar **mit den Wimpern klimperte**. „Danke, gut. Fand dein Gitarrenspiel übrigens super."

Sina fiel im gleichen Moment wie mir die Klappe runter. Kein vernünftiger Mensch würde das, was Liam gemacht hatte, als „Gitarrenspiel“ bezeichnen. Wohl eher **Gitarrenquälerei.**

Liam grinste. „Ist immer schön, einen Fan zu treffen. Molly, nicht wahr?“

Ich dachte, ich falle gleich in Ohnmacht. Meistens kann er sich gerade mal an meinen Namen erinnern, ganz zu schweigen an die von meinen Freundinnen.

Strahlend vergrub Molly die Hände in ihrem SpongeBob-Schlafanzug. „Ja. Ich wette, du bist der Beste bei Hundeatem.“

Liams Lächeln verrutschte ein bisschen. „Eigentlich heißen wir **Wolfsbrüder**. Wie in dem Buch von Jack London. Der Ruf der Wildnis und so.“

Sina rutschte ein Kichern raus, und ich versuchte so sehr, einen Lachanfall zu unterdrücken, dass ich fast erstickte. Aber Molly war am Boden zerstört.

„Tut mir leid … ich dachte …“ Sie brach ihre Entschuldigung ab und starrte mich wütend an. „Charly hat mir gesagt, ihr würdet Hundeatem heißen. Sie ist **so** unreif.“ Dann stürmte sie in mein Zimmer und knallte die Tür zu.

„Charly!“, bellte mein Dad aus dem Wohnzimmer. „Hört auf, da oben herumzutoben. Deine Mutter versucht, sich auszuruhen.“

„Ja, Charly, hör auf herumzutoben“, spöttelte Liam und schnitt eine blöde Grimasse. „Du bist so unreif.“

„Wenigstens **lutsche ich nicht immer noch am Daumen!**“, schoss ich zurück und duckte mich unter dem Hieb weg, den er in meine Richtung losließ. Seine Hand krachte aufs Geländer, und er ließ ein schmerzerfülltes Wimmern hören.

„Das wirst du mir büßen“, knurrte er und hielt seine Faust fest, als würde sie gleich abfallen. „Wenn ich wegen dir auch nur eine Minute Probe von Wolfsbrüder verpasse, werden die Jungs dich mit ihren bloßen Zähnen in Stücke reißen.“

Er wirbelte herum und stapfte in sein Zimmer. Die Tür zitterte in den Angeln, als er sie mit aller Kraft zuknallte.

„Charly!“, brüllte mein Dad wütend. „Ich komme gleich rauf!“

Ich öffnete den Mund, um zu rufen, dass es nicht meine Schuld war, aber dann wurde mir klar, dass es keinen Sinn hatte. Sina warf mir einen mitfühlenden Blick zu, und ich schüttelte traurig den Kopf. Wo war Molly, als Liam sein wahres Gesicht zeigte, na? Wo?

Ich seufzte wegen der Ungerechtigkeit von alldem und straffte meine Schultern. „Los, Soldat“, sagte ich zu Sina und lief zur Treppe. „**Operation Kühlschrank-Plünderung** geht los."

Ich hoffte nur, dass Mum die Notfall-Schokobonbons nicht in einer ihrer Babyrausch-Fressattacken verschlungen hatte. Denn wenn ich eins über Mollys Launen wusste, dann dass sie gewaltige Ausmaße annehmen konnten. Ohne die Unterstützung von Schokolade würden Sina und ich die Nacht vielleicht nicht überleben. Als ich in den Kühlschrank griff und die ungeöffnete Familienpackung herauszog, erinnerte ich mich an den düsteren Ausdruck auf Mollys Gesicht, als sie davongestürmt war.

Ich kaute auf meiner Unterlippe und schaute zweifelnd auf das Schoko-Paket, das ich in meinen Händen hielt.

„Weißt du was, Sina? Wir brauchen eine größere Packung."

An: BondGirl007
Von: Frage@VerrückteTierärzte

Hi, Charly,

danke für deine Online-Frage zu deinem Hund Rolo. Es tut mir sehr leid zu hören, dass du Probleme mit seinem Verhalten hast. Trotzdem glaube ich nicht, dass er wirklich ein „fieses Superhirn" ist, das „die Weltherrschaft an sich reißen will", wie du geschrieben hast. Wahrscheinlich hast du einfach nur einen sehr lebhaften Hund. Ich stimme dir zu, dass es für einen Labrador eher ungewöhnlich ist, zu versuchen, aus dem ersten Stock zu springen, selbst bei der Verfolgung einer Taube. Normalerweise sind sie etwas schlauer. Gott sei Dank war das Fenster geschlossen!
Ich bin außerdem froh, mitteilen zu können, dass Rolo wahrscheinlich im Alter von drei Jahren aus dem Schlimmsten herausgewachsen ist.

Du hast nicht geschrieben, ob er kastriert ist, aber das könnte dabei helfen, dass er nicht immer deine Schultasche markiert. Seine Versessenheit auf Käse wird aber leider bleiben, fürchte ich.
Ich wünsche dir und Rolo das Allerbeste für die Zukunft!

Emma von Verrückte Tierärzte

KAPITEL 4

Als mein zweiter Montag auf St. Jude's nahte, fühlte es sich viel mehr danach an, dass mein **„Glas halb voll"** war und nicht halb leer. Jetzt, da ich die erste Woche hinter mir hatte, glaubte ich, dass das Schlimmste vorbei war. Und ich hatte mir ein traumhaftes Paar neue Ballerinas geholt, als Ersatz für die, die Rolo vernichtet hatte. Sie waren schwarz mit kleinen Herzen aus winzigen roten Glasperlen an der Ferse. Ich verliebte mich auf den ersten Blick in sie und knabberte beim Warten nervös an den Fingernägeln, während eine gelangweilt dreinschauende Verkäuferin nachsah, ob sie in meiner Größe da waren. Sogar Molly gefielen sie, und die war seit ihrem Liam-bezogenen **Mega-**Wutausbruch nur noch schwer zu beeindrucken. Sina und ich mussten gemeinsam unseren ganzen Witz aufbringen und unsere beste Comedy-Nummer hinlegen, damit sie sich am Freitagabend noch ein Lächeln abrang. Und die Stimmung hatte sich nicht wirklich gebessert, als sie am Samstag nach Hause ging. Ich hoffte wirklich, dass sie jetzt darüber hinweg war, als ich mich neben ihr und Sina zu einer Doppelstunde Englisch hereinschob – eine mürrische Molly macht überhaupt keinen Spaß.

Ich hätte mir keine Sorgen machen müssen. Sobald Mr Bearman die heutigen Aufgaben erklärt und sich in der Klasse gedämpftes

Gequassel ausgebreitet hatte, winkte Molly Sina und mich mit funkelnden Augen heran. „Habt ihr schon das Neueste gehört?"

In Mums Auto mussten wir Radio 4 hören (oder **das Schnarchradio,** wie Liam und ich es nannten), aber ich glaube, die weltweite Wirtschaftskrise war nicht die Art von Neuigkeiten, die Molly meinte. „Worüber?"

Molly schaute noch fröhlicher drein. „Es gibt Gerüchte, dass die Schule einen **St. Jude's hat Talent**-Wettbewerb plant."

„Ach was!", keuchte Sina. Ihre braunen Augen waren plötzlich tellergroß.

Ich spürte ein aufgeregtes Kribbeln und fragte mich sofort, wer teilnehmen und welche versteckten Talente sich zeigen würden. Ich sah ein Bild von mir, wie ich die ganze Schule mit meinem großartigen Talent beeindruckte. Natürlich musste ich erst mal herausfinden, was mein Talent war, aber das war nebensächlich. Jeder hat etwas, in dem er richtig gut ist, oder nicht? „Wer hat dir erzählt, dass es einen Talentwettbewerb gibt?“

„Die Mum von Nathan Crossfield ist in der Elternvertretung und sagt, es wurde beschlossen.“ Molly räusperte sich. „Bestimmt wird Liam ganz aufgeregt sein, wenn er das hört. Wäre es nicht toll, wenn **Wolfsbrüder** gewinnen würden?“

Das Bild von mir, wie ich von Blumen, bewundernden Fans und dem hingerissenen Simon Cowell aus der X-Factor-Jury umringt war, verblasste, als ich ein lautes Schnauben ausstieß. „Das wird nie passieren, außer sie veranstalten auch einen **St. Jude's hat kein Talent**-Wettbewerb.“ Ich grinste über meinen eigenen Witz. Sina gackerte wie aufs Stichwort los, aber Molly lächelte nicht mal, und mir fiel wieder ein, dass ihr Sinn für Humor versagte, wenn es um Liam ging. Vielleicht sollte ich es in ihrer Nähe besser vermeiden, über meinen Bruder zu lästern. „Was meinst du, wer nimmt sonst noch teil?"

Sie zuckte die Schultern. „Alle, nehme ich an. Es gibt noch ein Gerücht, dass ein paar Lehrer ein Mamma-Mia-Medley aufführen wollen."

„Solange es nicht Elvis Presley ist." Ich schauderte. „Nur das nicht."

Manchmal frage ich mich, ob meine Eltern darum wetteifern, wer mich am meisten blamieren kann. Mein Dad arbeitet tagsüber in einem Büro und macht etwas, das sich wie die langweiligste Arbeit der Welt anhört. Das ist doch nicht peinlich, denkst du vielleicht, und du hättest recht. Es würde mir auch nichts ausmachen, wenn das sein einziger Job wäre. Aber abends, da ... na ja, es gibt keine Beschreibung, die sich gut anhört, also kann ich es auch gleich direkt sagen … abends arbeitet er nebenberuflich manchmal als **Elvis-Imitator.** Kräuseln sich einem da nicht die Zehennägel? Ich erinnere mich daran, wie ich mit fünf einmal nachts aufgewacht bin und ihn auf der Treppe getroffen habe, als er gerade auf dem Weg zu einem Auftritt war. Ich weiß nicht, was mich mehr traumatisiert hat: die **schiefe schwarze Perücke** oder die **schreckliche künstliche Bräune**, aber Mum sagt, mein Geschrei hat die halbe Nachbarschaft aufgeweckt.

Sina verschränkte die Arme. „Mich kriegst du bestimmt nicht auf die Bühne. Aber es macht mir nichts aus, dir zu helfen, wenn du teilnimmst."

Sie zwinkerte mir zu, und ich schaute sie finster an. „Danke, Sina", gab ich zurück und erdolchte sie mit meinem Blick. „Du bist mal wieder auf dem besten Weg zur **Freundin des Jahres**, wie ich sehe."

Eigentlich verstand ich ja, was sie meinte. Ich bin im Laufe der Jahre mindestens zweimal beim Krippenspiel von der Bühne gefallen, und das einzige Mal, als man mir ein paar Sprechzeilen gab, bin ich vor Angst erstarrt und habe mir in die Hose gemacht. Zu meiner Verteidigung muss ich sagen, dass ich damals erst fünf Jahre alt war.

Sina verdrehte die Augen. „Du weißt, was ich meine. Und erzähl mir nicht, dass du nicht darüber nachdenkst. Ich kann es dir ansehen."

Ich schniefte. Sie kannte mich zu gut. Mir fiel auf, dass sie nicht behauptete, Molly würde sich bei einem Auftritt blamieren. Andererseits sang Molly wie ein **Engel** → und hatte wahrscheinlich

gute Chancen, zu gewinnen. Ich musste nicht mal fragen, ob sie teilnehmen würde.

Molly lehnte sich wieder vor. „Dieses Trimester gibt es auch so eine Art **schulübergreifendes Quiz** für die Siebtklässler. Nathan sagt, die Lehrer sollen nach **Superhirnen** Ausschau halten, die St. Jude's vertreten."

Das war nicht in der gleichen Liga wie den Talentwettbewerb zu gewinnen, aber ich konnte mir auch total gut vorstellen, wie ich St. Jude's dazu verhalf, **Quiz-Champion** zu werden. Allerdings war es unwahrscheinlich, dass ich für das Team ausgewählt wurde. Ich habe mich selbst nie für besonders klug gehalten, obwohl ich mir gern einrede, dass ich intelligent sein könnte, wenn ich es wollte.

Dann fiel mir etwas auf. „Moment mal ... wer ist dieser Nathan, von dem du redest?"

Sina starrte mich an. „Hast du noch nichts von Nathan gehört?“

Ich schüttelte den Kopf und versuchte, mich zu erinnern, ob eine von den beiden ihn schon mal erwähnt hatte.

Sie verschränkte die Arme und seufzte, als wäre ich durch einen Test gefallen. „Er ist nur der **coolste** Junge in der Siebten. Ehrlich, ich habe gehört, wie ein paar der Neuntklässler ihn heute Morgen um Mode-Tipps gebeten haben.“ Ihr Kopf zuckte in Richtung der anderen Seite des Klassenzimmers. „Guck jetzt nicht hin, aber er ist da drüben.“

Ich spähte durch den Raum, und da passierte es: Ein einziger heller Sonnenstrahl durchbrach die Wolkendecke vor dem Fenster und landete direkt auf einem **braun gebrannten blonden Jungen**, der mit seinen Freunden lachte. Und ohne den geringsten Zweifel wusste ich, dass es Nathan war. Ich bin mir nicht sicher, aber ich glaube, irgendwo in der Nähe fing ein Chor aus Engeln an zu singen. Auf jeden Fall sah er genau im gleichen Moment hoch, und – Einsatz der Harfen – unsere Blicke trafen sich. Sina hatte nicht übertrieben, als sie gesagt hatte, er wäre cool – noch cooler, und er hätte Eiszapfen getragen. Aber niemand hatte erwähnt, dass er auch noch **total gut aussehend** war.

„Oh Gott, er hat dich voll erwischt, wie du rübergeguckt hast!", quiekte Sina. „Hör auf zu glotzen."

Aber ich kam mir vor wie eine Elster, die einen leuchtenden, funkelnden Diamanten entdeckt hatte: total unfähig, wegzugucken. Bis Molly mir heftig gegen

das Schienbein trat, und ich vor Schmerz laut aufjaulte.

„Tut mir leid“, sagte sie, doch es klang überhaupt nicht so. „Es ist nur zu deinem Besten. Du hast ausgesehen, als würdest du gleich anfangen zu sabbern.“

„Habe ich nicht“, sagte ich entrüstet. Ich rieb mir das Bein und riskierte einen weiteren Blick hinüber zu Nathan. Die Sonne war wieder hinter den Wolken verschwunden, und er drehte mir den Rücken zu. „Warum habe ich ihn letzte Woche noch nicht bemerkt?“

„War im Urlaub in Florida“, antwortete Sina und starrte seufzend auf seinen Hinterkopf. „Er ist erst dieses Wochenende zurückgekommen.“

Ich runzelte die Stirn. „Warum weiß Molly dann schon so viel über ihn?“

Molly winkte unbekümmert ab. „Ach, ich und

Nathan kennen uns schon seit der Spielgruppe, obwohl er natürlich nicht mit uns zur Westwood-Grundschule gegangen ist. Er wohnt ein paar Häuser weiter als ich. Wir sind schon unser ganzes Leben lang Nachbarn."

Sina und ich wechselten einen Blick. Ich konnte nicht fassen, dass sie so einen **scharfen Typen** vor uns geheim gehalten hatte. **Jahrelang**. Jeder andere würde denken, dass sie Angst hatte, wir würden sie blamieren oder etwas anderes Lächerliches machen. Ich weiß nicht, was sie von uns dachte. Sina und ich konnten supercool sein, wenn wir mussten. Wie damals, als wir in der Stadtbücherei den Kerl sahen, der den Fernsehclown Mr Tumble spielt. Wir haben fast nicht mal gequiekt **und** ein Autogramm von ihm bekommen.

„Meinst du, er nimmt am Talentwettbewerb teil?", fragte ich und stellte mir vor, wie Nathan als Leadsänger einer Band auf der Bühne stand oder genial abtanzte.

Molly schüttelte den Kopf und warf mir einen vernichtenden Blick zu. „Nee, dafür ist er zu schlau. Ich nehme an, sie werden ihn sich für das Quiz-Team schnappen."

Gut aussehend und intelligent? Nathan Crossfield stand anscheinend eine Stufe höher als der durchschnittliche Siebtklässler. Ich wette, er hielt auch nicht besonders viel von Furz-Witzen. Es war eine Schande, dass ich keine Chance hatte, in dieses Quiz-Team zu kommen – das wäre die perfekte Möglichkeit gewesen, ihn kennenzulernen, ohne auf Molly angewiesen zu sein. Aber wenn ich schon nicht meinen Grips einsetzen konnte, um seine Aufmerksamkeit zu erregen, gab es vielleicht noch einen anderen Weg. Ich musste ihm einfach nur zeigen, dass Charly Bond auch Talent hat.

Mögliche Begabungen für „St. Jude's hat Talent"

Dinge, in denen ich gut bin:

* Hula-Hoop. (Habe im zweiten Schuljahr den Schulrekord für Dauerhulahoopen gehalten. Prüfen, ob der Reifen noch passt.)

* Liam ärgern. (Lustig, aber nützt mir wahrscheinlich nicht viel für SJHT-Wettb.)

* Dinge sammeln. (Mein Panini-Weltmeisterschafts-Stickeralbum wäre vollständig, wenn Liam nicht ständig meine Aufkleber geklaut hätte, um sie in der Schule zu verkaufen.)

* Listen machen. (Wahrscheinlich auch keine Begabung, von der Simon Cowell beeindruckt wäre.)

* Ellbogen-Lecken. (Siehe oben.)

* Rollschuhlaufen. (Okay, bis jetzt noch nicht, aber ich bin sicher, dass ich besser werde.)

* Zaubern. (Muss den Zauberkasten suchen, den Tante Jane mir vor zwei Jahren zu Weihnachten geschenkt hat. Glaube, ich habe den Seil-Trick gerockt. Konnte allerdings nie das Kaninchen aus dem Hut zaubern. Funktioniert vielleicht besser mit der Katze von nebenan.)

* Darstellende Künste. (Kann nicht singen oder tanzen; vielleicht Pantomime?)

* Cheerleading. (Habe Puschel, brauche noch den Rest vom Kostüm. Und Rest von der Gruppe.)

* Schlangenbeschwörung. (Kann fast „Hurra, hurra, die Schule brennt" auf der Blockflöte spielen, aber habe Angst vor Schlangen. Vielleicht Schlange durch Hamster ersetzen.)

KAPITEL 5

Nett von den Lehrern, uns am Dienstagnachmittag auf eine Reise durch die **Test-Hölle** zu schicken. Okay, es waren nicht die Art von Tests, für die man lernen kann, eher so Fragen wie: „Milch verhält sich zu Sahne wie Wasser zu –?“, die ich noch nie richtig kapiert habe. Trotzdem – wenigstens eine kleine Vorwarnung wäre nett gewesen, Leute.

Ich hätte mich fast auf den falschen Platz gesetzt, weil es noch ein Mädchen in der Siebten gibt, das **C Bond** heißt. Was für ein Zufall! Trotzdem glaube ich nicht, dass wir verwandt sind, das wäre zu abgefahren. Als ich endlich auf dem richtigen Platz saß, verbrachte ich die ersten fünfzehn Minuten des Tests mit dem Versuch zu erkennen, wie sie aussah, für den Fall dass wir tatsächlich Zwillinge waren, die tragischerweise bei der Geburt getrennt wurden. Bis ein Lehrer mir auf die Schulter tippte und sagte, ich solle weitermachen. Ich versuchte, die lächerlichen Fragen zu beantworten, aber ich muss zugeben, dass ich ein paar geraten habe. Das bedeutet wahrscheinlich, dass ich insgesamt ziemlich weit unten liege. Vor einer Woche hätte mir das noch nicht so viel ausgemacht, aber jetzt möchte ich Nathan beeindrucken. Und das kann ich wohl kaum, wenn uns der Abgrund des Versagens in der Schule trennt, oder?

Das bedeutet auch, dass ich zum ersten Mal in unserer ganzen Schulzeit von Molly und Sina getrennt werde. Mollys Eltern haben eine Zeit lang darüber nachgedacht, sie auf eine Privatschule zu schicken, darum hatte sie für ein paar Monate einen Privatlehrer und löst diese dummen Tests im Schlaf. Selbst Sina konnte nicht verstehen, warum ich so ein Theater mache. Wahrscheinlich ist sie eine unentdeckte **Intelligenzbestie**.

Das einzig Gute an der ganzen traurigen Situation war, dass mein Tisch am Gang gegenüber von Nathans stand und er mich anlächelte, als mir der Füller runterfiel und unter seinen Stuhl rollte. Ich behaupte natürlich nicht, dass er mich jetzt zum Abschlussball einlädt oder so, aber wenigstens weiß er, dass es mich gibt, nicht wahr? Ich wünschte nur, es wäre nicht mein Teletubbies-Füller gewesen, das ist alles.

Ich versuchte also, meinen drohenden schulischen Ruin zu vergessen. Das war schwieriger, als es sich anhört, denn Liam sprach beim Abendessen alle fünf Minuten über die Schule. Ich habe ihn noch nie so aufgeregt wegen St. Jude's erlebt. Er lief ernsthaft Gefahr, begeistert zu klingen, als er Mum und Dad über den **St. Jude's hat Talent**-Wettbewerb zutextete.

„Der Gewinner bekommt 250 Mäuse, davon könnten die Jungs und ich eine neue Ausrüstung kaufen", sagte er und hielt kaum inne, um sich Spaghetti bolognese reinzuschaufeln. „Und es gibt Gerüchte, dass ein paar **Insider aus der Musikbranche** da sein werden."

Ich schnaubte. Selbst ich wusste, dass keine Plattenfirma, die etwas auf sich hielt, jemanden zu einer **lausigen** alten Schule schicken würde, um sich eine Kinder-Talentshow anzugucken.

Liam blickte mich düster an. „Der Dad von Joe Fisher arbeitet für Sony."

Als was?, fragte ich mich. Als Hausmeister? Aber ich sprach es nicht aus.

Dad nickte. „Habt ihr schon entschieden, was ihr spielen wollt?"

Zum ersten Mal ließ Liams Begeisterung nach, und ich wusste, warum. Immer wenn irgendjemand mit Dad eine Unterhaltung über Musik anfängt, endet sie zwangsläufig bei Elvis. Unser Onkel Ian weigert sich deshalb sogar, Weihnachten mit uns zu verbringen.

„**Tod dem Zwerg**, vielleicht", murmelte Liam. „Oder **Blutrausch**."

Dad runzelte die Stirn. „Eigenes Material? Das ist riskant. Mit einer Cover-Version wärt ihr besser dran. Ich sage immer, mit ein bisschen ‚Jailhouse Rock' kann man nichts falsch machen."

Nicht mal Mum konnte ein winziges Stöhnen aus tiefster Seele unterdrücken. Kichernd stellte ich mir Liam und seine Kumpel als eine Gruppe weiß gekleideter Elvis-Doppelgänger vor. Als könnte er meine Gedanken lesen, warf er mir einen finsteren Blick zu. „Wenigstens habe ich genug Talent, um teilzunehmen. Das Einzige, worin du gut bist, ist, dumm dazustehen."

„Das reicht, Liam", raunzte Mum ihn an. „Charly hat jedes Recht, an dem Wettbewerb teilzunehmen, wenn sie will." Besorgt schaute sie mich an. „Du planst doch nicht, Stepptanz zu machen, oder?"

Das war wohl ein Tiefschlag wegen meiner kurzen Karriere bei der Stepptanzschule **Zwinkernde Zehen** im Sommer vor zwei Jahren. Dabei wurde schnell klar, dass ich mehr linke Füße hatte, als ich gebrauchen konnte. Ich zwang mich zu einem geheimnisvollen Lächeln und wedelte mit der Hand. „Keine Sorge, ich werde nicht tanzen." Dad öffnete seinen Mund, um etwas zu sagen, aber ich war schneller. „Und nein, Dad, mit Elvis hat es nichts zu tun."

Für was auch immer ich mich entscheide, es muss einen **Aha-Effekt** haben, sonst wird Nathan mich niemals bemerken. Ob man online Trapezakrobatik lernen kann?

Aus einem Modemagazin herausgerissen

Fünf Anzeichen, dass er der RICHTIGE ist

- Du findest, dass er supergut aussieht.
- Er bringt dich zum Lachen.
- Deine Freundinnen mögen ihn.
- Er mag dein wahres Ich.
- Er ist dein Freund.

Mensch, ALLE finden, dass Nathan supergut aussieht …

Wir haben noch nicht miteinander gesprochen. Er sieht aber aus, als ob er es könnte.

Molly kannte ihn schon als Baby und sagt, er ist toll – abgehakt.

Hm, ich werde ihm auf keinen Fall erzählen, dass ich manchmal immer noch mit meiner Annabel-Babypuppe spiele. Ein Mädchen muss ein paar Geheimnisse haben.

Ich arbeite dran, okay?

KAPITEL 6

Neue Woche, neuer **Montag**, aber dieser sieht alles andere als gut aus: Mum und Dad sind frühmorgens zu einem Termin beim Stufenleiter der siebten Klassen eingeladen worden, und ich muss auch mitkommen. Ich glaube, es geht um meine miserablen Testergebnisse. Ich werd verrückt, wie schlecht müssen sie sein? Vielleicht passe ich gar nicht auf eine normale Schule und brauche ernsthaft Hilfe.

Mr Archer schien ein bisschen **nervöser** als sonst zu sein, als er uns in sein winziges Büro führte. Aber das kann auch daran liegen, dass Mum ihn fast mit ihrem Babybauch umstieß. Er krallte sich an den Schreibtisch und riss einen dämlichen Witz über den Angriff von zukünftigen Schülern. Ich lächelte nicht. Würdest du das etwa tun, wenn du bei deiner Schule kurz vorm Rausschmiss wegen Dummheit stehst?

„Danke, dass Sie sich Zeit nehmen konnten", sagte Mr Archer und hörte sich ein bisschen zu fröhlich an für jemanden, der dabei war, meine ganze Zukunft in ein supergroßes schwarzes Loch zu saugen. Er nickte meiner Mum zu. „Ich nehme an, dass es in Ihrem ...
äh ... Zustand nicht leicht ist."

Mums Gesicht verdüsterte sich, so wie immer, wenn jemand tut, als ob schwanger sein eine

Krankheit ist. Zum Glück sah Dad ihren Gesichtsausdruck und ging dazwischen.

„Hat Charly irgendwelche Schwierigkeiten?“, fragte er Mr Archer. Ich bohrte meinen Blick in den Boden. Meine Eltern hatten mich beide gefragt, ob ich wüsste, worum es bei dem Treffen ging, und ich hatte mich dumm gestellt. Dabei musste ich feststellen, dass mir das nicht allzu schwerfiel. Jetzt gab es keine Möglichkeit mehr, dem Moment der Wahrheit zu entrinnen. Sie waren kurz davor zu entdecken, dass eins ihrer Kinder in der Schule eine Niete war. Und es war nicht dasjenige, von dem sie es vielleicht erwartet hatten. War es zu viel, sich einen **erlösenden Blitzschlag** herbeizuwünschen, bevor Mr Archer mich endgültig demütigte und vom Schulgelände scheuchte?

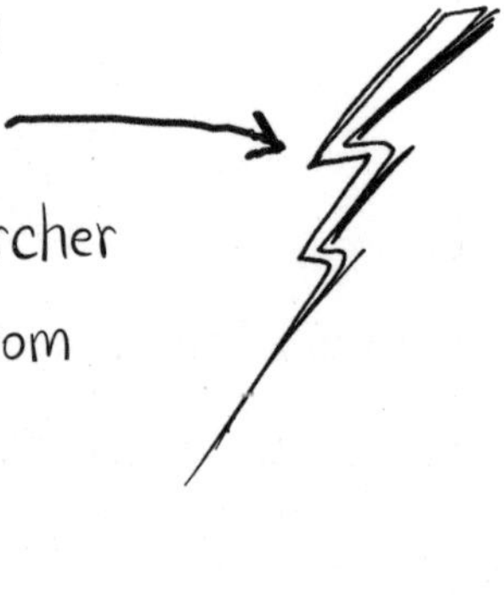

Bei der Frage meines Dads schossen die grauen Augenbrauen des Lehrers nach oben. „Großer Gott, nein, ganz im Gegenteil. Charly hat uns alle völlig überrascht. Genau genommen glauben wir, dass sie vielleicht eine der **intelligentesten Schülerinnen** ist, die wir je hatten."

Ich starrte ihn an und fragte mich, ob ich richtig gehört hatte. Ich intelligent? Wie, beim heiligen **Lolli**, war er denn darauf gekommen?

Dad fragte sich offensichtlich das Gleiche. Er musterte mich etwas verwirrt und räusperte sich. „Wirklich? Wie … ähm … kommen Sie darauf?"

Mr Archer setzte sich eine Brille auf und nahm ein Blatt Papier von seinem Schreibtisch. „Wie Sie vielleicht wissen, führen wir mit allen Schülern aus der siebten Klasse einen Test durch, wenn sie bei uns anfangen, um uns ein Bild davon zu machen, was sie können. Diese Tests nennen sich KAT oder Kinder-Apperzeptions-Tests.“ Er schaute über den Rand seiner Brille. „Charly hat die höchste Punktzahl erreicht, die wir je auf St. Jude's hatten. Sie ist offensichtlich ein ganz besonderes Mädchen.“

Mum warf Dad einen erstaunten Blick zu, bevor sie sich unbeholfen zu mir herüberlehnte und mir einen dicken Kuss auf die Wange drückte. Dad hatte anscheinend Schwierigkeiten zu verstehen, was er da hörte. Aber niemand war erstaunter als ich zu hören, dass ich so was wie ein **unentdecktes Genie** war. Vielleicht hatte ich die Antworten gar nicht geraten, sondern tief in mir gewusst! Mensch, wer hätte das gedacht?

„Sie werfen mich also nicht raus?“ Ich musste mich irgendwic versichern, dass ich das, was gesagt worden war, nicht falsch verstanden hatte.

„Natürlich nicht", antwortete Mr Archer. „Wir setzen große Hoffnung auf dich, Charly."

Wow. Bisher war ich immer nur durchschnittlich in der Schule gewesen. Ich starrte auf das Blatt Papier in Mr Archers Hand. Oben stand definitiv mein Name.

„Uff", antwortete ich leise und entschied dann, dass das wahrscheinlich kein Wort war, das jemand mit meinem hohen IQ benutzen sollte. Was würde ein Genie sagen, wenn es herausfand, dass es das klügste Kind der Schule war? Zweifellos etwas Hochgestochenes und Ultrageistreiches. **„Super…"**, begann ich, bis der Teil von meinem Gehirn einsetzte, der bisher mein Genie so hervorragend versteckt hatte, „… **kalifragilistikexpialigetisch!**"

Ich sah, wie Mr Archers Blick wieder zu meinem Testergebnis wanderte und er leicht die Stirn runzelte. Dann schüttelte er fast lebhaft den Kopf und stand auf, womit klar wurde, dass das Treffen beendet war. „Ähm ... durchaus. Gut gesagt."

Als er uns aus seinem Büro führte, schwafelte er darüber, dass er mich für das Begabten-Förderungsprogramm vorschlagen wolle, und ich schaltete ab. Von uns **genial... genialistisch...** schlauen Leuten kann man nicht erwarten, ständig aufmerksam zu sein. Und ich war zu sehr damit beschäftigt herauszufinden, welchen Unterschied mein neuer Grips in meinem alltäglichen Leben machen würde, anstatt mich um den langweiligen Kram zu kümmern. Ich meine, offensichtlich bin ich jetzt in der Lage, die Quadratwurzel aus Zahlen wie 81 zu ziehen, ohne mich sonderlich anzustrengen (es ist 9 – siehst du? **Siehst du?**). Wie cool ist das denn?!

„Gut gemacht, Charly", sagte Dad, und ich merkte, dass er im Begriff war, mir durch die Haare zu wuscheln. Ich duckte mich weg, direkt in Mums Weg.

„Ich glaube, das schreit förmlich nach einem tollen Essen heute Abend", sagte sie und tätschelte mir die Schultern. „Ich bin sicher, Liam wird es nichts ausmachen, dieses eine Mal die Bandprobe ausfallen zu lassen."

Und da war er: Der Beweis, dass **Schwangerschaftsdemenz** eine Krankheit ist, die gutgläubig macht. Denn wenn Mum dachte, Liam würde freiwillig eine Probe von **Wolfsbrüder** verpassen, jetzt, wo der Talentwettbewerb bevorstand, hatte sie nicht bloß den Faden verloren, sondern war im völlig falschen Film. Er würde einen gewaltigen

Wutanfall bekommen, besonders wenn er herausfand, was genau wir feierten. Ich grinste vor Vorfreude und widerstand dem Drang, mir die Hände zu reiben wie ein fieses Genie. Als **Superhirn** entdeckt zu werden, war echt genial! Und das Beste: Nathan Crossfield würde das intelligenteste Mädchen der Schule nicht länger ignorieren können!

Erzähle niemandem, was ich gesagt habe, aber manchmal ist es gar nicht so schlimm, ich selbst zu sein.

Liebe Miss Bond,

danke für Ihren Brief vom 15. September. Ich bedaure, dass Sie die Schulpflicht als „grausame und außerordentliche Strafe“ empfinden, und ich kann Ihnen versichern, dass der Premierminister nicht einfach nur Gesetze macht, um „ALLEN den Spaß zu verderben“, wie Sie behaupten.

Auch wenn ich Ihrer Aussage, dass ein Beruf in einem Kohlebergwerk einer Doppelstunde Mathe bei Mr Peterson vorzuziehen wäre, völlig glaube, fürchte ich, dass es in Großbritannien nur noch sehr wenige Bergwerke gibt, die in Betrieb sind. Und Elfjährige würden bedauerlicherweise nicht die Erlaubnis bekommen, nach Kohle zu graben. Egal, wie geschickt sie auch mit dem Hammer umgehen können. Vielleicht wäre es einfacher, Mr Peterson darum zu bitten, Ihren Unterricht etwas interessanter zu gestalten?

Ich habe Ihren Vorschlag weitergegeben, dass der Premierminister mit einem Irokesenschnitt viel „städtischer“ aussehen würde.

Nochmals vielen Dank, dass Sie sich die Zeit genommen haben, uns zu schreiben.

Hochachtungsvoll

Nicola Pemberton
Sekretärin des Premierministers

KAPITEL 7

Ich hätte nie gedacht, dass ich das mal sage, aber Molly fängt an, mir auf die Nerven zu gehen. Donnerstags hat sie normalerweise Gesangsunterricht, aber sie hat ihn ausfallen lassen und sich nach der Schule bei mir eingeladen, schon zum **dritten Mal** diese Woche. Sie sagt, das sei nur, damit wir zusammen unsere Englischhausaufgaben machen können, aber sie verbringt so viel Zeit damit, das große Familienfoto vom letzten Jahr anzustarren, dass ich mich **wundern** würde, wenn sie überhaupt irgendwas geschafft kriegt. Außerdem fühle ich mich dabei etwas unwohl, denn wenn es nur ich und Molly sind, habe ich das Gefühl, als würden wir Sina ausschließen. Ich würde es schrecklich finden, wenn ich herausbekäme, dass sie etwas ohne mich gemacht haben, selbst wenn es nur Hausaufgaben sind. Ich habe beschlossen, dass ich Sina auf jeden Fall einlade, wenn Molly morgen wieder vorbeikommen will.

Egal, es war offensichtlich, warum sich Molly in Wirklichkeit dafür interessierte, bei mir zu Hause rumzuhängen, und es hatte nichts mit meiner **urkomischen Hamster-Parodie** zu tun. Sobald Liam durch die Haustür schlenderte, veränderte sich ihr Verhalten. Ehrlich, es war, als würde ich plötzlich nicht mehr existieren. Sie tat so, als würde sie sich auf ihre Aufgaben konzentrieren, aber ich konnte sehen, wie sie ihn unter ihren Locken hinweg beobachtete. Er ging ohne ein Wort an uns vorbei, wahrscheinlich auf dem Weg zum Kühlschrank, und an ihrem Gesichtsausdruck konnte ich erkennen, dass sie hin- und hergerissen war zwischen einen auf cool zu machen und etwas zu sagen. Aber sie beherrschte sich, und er ging in die Küche, ohne uns auch nur mit einem Grunzen zu würdigen. Rolo, der herumgerollt war und meine Socken attackierte, sprang auf und hopste hinter ihm her.

Molly fixierte die Küchentür mit einem intensiven, etwas schielenden Blick, wie ihn der Hund manchmal an seinem Futternapf draufhat. Ich widerstand dem Drang, ihr mit meinem Lineal eins überzuziehen, obwohl ein gezielter harter Schlag auf den Kopf vielleicht genau das Richtige wärc, damit sie diese lächerliche Schwärmerei aus ihrem System bekommt. Stattdessen tat ich so, als hätte ich nicht bemerkt, dass sie so aussah, als würde sie sich gleich **in die Hose machen**. Jedenfalls, was auch immer sie getan hatte, um sich vorzubereiten, hatte anscheinend funktioniert. Denn als er aus der Küche zurückkam (er trug einen Teller, der beladen war mit zwei Schoko-Müsliriegeln, einer Familienpackung Chips und der letzten Käsestange – Mum würde ausflippen, wenn sie merkte, dass ihre Schwangerschaftsnotration weg war), ergriff sie die Gelegenheit. „Hi, Liam."

Ihre Stimme war heiser und hörte sich etwas amerikanisch an. Sie wollte bestimmt **verführerisch** klingen, aber sie hörte sich an, als hätte sie **Mandelentzündung**.

Liam schaute auf und bemerkte uns jetzt erst. „Hey, wenn das nicht mein größter Fan ist. Wie geht's dir, Milly?"

Sie wurde rot, und ich wartete darauf, dass sie ihn beleidigt darauf hinwies, dass er ihren Namen falsch gesagt hatte. Es passierte nicht. Stattdessen fächelte sie sich die Wangen und lächelte so angestrengt, dass sogar ihre Grübchen Grübchen bekamen, das schwöre ich. „Gut. Und dir? Alles klar mit der Band?"

Ich konnte es nicht glauben – das war Molly, die mal einen Wutanfall bekommen hatte, weil ein Mädchen in unserer Klasse auf der Weihnachtskarte ihren Namen am Ende mit „ie" geschrieben hatte. Ließ sie es Liam, der sie praktisch schon seit sieben Jahren kannte, wirklich durchgehen, sie mit einem komplett falschen Namen anzusprechen? Anscheinend schon.

Ahnungslos zwinkerte Liam ihr zu. „Glaube schon. Wir können doch beim **St. Jude's hat Talent**-Wettbewerb auf deine Stimme zählen, oder?"

Molly errötete. Schon wieder. Dann kicherte sie tatsächlich. „Sie gehört voll und ganz euch. **Wolfsbrüder rocken**!"

Ich konnte nicht mehr. Ich machte ein Würgegeräusch und tat so, als würde ich hinters Sofa kotzen. Molly bombardierte mich mit einem vorwurfsvollen Blick. Ich starrte finster zurück. Ich meine, ich würde alles dafür tun, meine besten Freundinnen zu unterstützen und so, aber gerade **weil** sie meine beste Freundin ist, muss ich sie davon abhalten, sich wie eine Idiotin zu benehmen. Mal ehrlich, was sieht sie in Liam? Und glaubt sie wirklich, **Wolfsbrüder** ... ähm ... **rocken**? Ich weiß, dass Liebe blind macht, aber in diesem Fall muss sie auch taub machen. Sina und ich müssen etwas dagegen tun. Ich weiß noch nicht, was, aber es ist unsere Pflicht als beste Freundinnen, sie vor sich selbst zu retten. Eines Tages wird sie uns dankbar sein.

Liam ignorierte mich und zeigte auf Molly. „Sag es weiter. Und denk dran, die Wölfe sind auf der Jagd."

Er ließ ein leises Knurren hören, das gar nicht mal so bescheuert geklungen hätte, wenn der Teller in seiner Hand nicht weggerutscht und das Knurren zu einem gellenden Aufschrei geworden wäre. Er schnappte nach den Snacks, bevor sie auf den Boden fielen. Ich lachte und fing mir wütende Blicke aus beiden Richtungen ein.

„Diese **neuen Schuhe**, die du vor ein paar Wochen bekommen hast – die waren schwarz mit was Rotem drauf, oder?“, fragte Liam, als er wieder Herr über seine Knabbereien war.

Ich nickte, und Neugier stieg in mir auf. Es sah Liam gar nicht ähnlich, etwas an mir zu bemerken, erst recht nicht meine Schuhe. „Ja. Warum?“

Er ging die Treppe hinauf, ein seltsames Lächeln auf dem Gesicht. „Nur so.“

Stirnrunzelnd versuchte ich herauszufinden, was er meinte. Er interessierte sich bestimmt nicht für meine Fußbekleidung, worauf also wollte er hinaus? Mein Blick glitt zu dem Läufer, auf den ich vorhin meine Schuhe geschleudert hatte. Anstelle von zwei glänzenden Ballerinas war nur einer da.

„Was hast du damit gemacht?“, quiekte ich, obwohl ich wusste, dass er es nicht gewesen sein konnte.

Er ging weiter die Treppe hoch und verschwand aus meinem Blickfeld. „Ich habe nichts damit gemacht", drang seine Stimme nach unten. „Aber du solltest vielleicht mal gucken, worauf Rolo da im Garten herumkaut."

Ächzend sprang ich auf und rannte zur Hintertür. Warum verwüstet Rolo immer meine Sachen? Liams Zimmer ist wie die **Höhle des Aladin**, voller halb gegessener Toastrinden und wachsverkrusteter Haarbürsten. Warum kann Rolo nicht daran seine zerstörerische Neigung auslassen? Mum würde verrücktspielen, wenn er noch ein Paar Schuhe von mir zerkaute. Und die Tatsache, dass Liam nichts dagegen unternommen hatte, spielte keine Rolle, das wusste ich. **Ich** war so was von tot.

„Sitz nicht so da, komm und hilf mir!", keifte ich Molly an.

Ich erschrak fast ein bisschen, als sie aufsprang und mir direkt nach draußen folgte. Halb hatte ich erwartet, dass sie die Treppe hinaufstürmen würde – vielleicht war sie ja doch nicht total auf Liams Seite. Aber selbst mit ihrer Hilfe brauchte ich mühsame 25 Minuten, um Rolo einzufangen. Er hält es für das beste Spiel aller Zeiten, jemanden bis in Reichweite seines braunen Fells herankommen zu lassen und dann in einen anderen Teil des Gartens zu rennen. Dabei baumelt ihm die Zunge aus dem Maul, als ob er sich kaputtlacht. Ich dachte immer, Hunde sollten die besten Freunde des Menschen sein, aber keine einzige meiner besten Freundinnen macht so was. Ich wäre auch ziemlich sauer, wenn Molly oder Sina meine Schuhe fressen und die ganze Zeit auf mein Bett kotzen würden. Ich lasse ihn mal 101 Dalmatiner in Endlosschleife gucken, bis er gelernt hat, wie sich vernünftige Hunde zu benehmen haben.

Um noch eins draufzusetzen: Als wir ihn endlich gefangen hatten, hatte er nicht mal meinen Schuh – den habe ich später unterm Sofa gefunden. Ich starrte wütend zum Haus hinüber und sah, dass Liam uns von seinem Zimmerfenster aus beobachtete. Er klatschte übertrieben langsam und spöttisch in die Hände. Ich warf Molly einen **Guck-was-ich-durchmachen-muss-Blick** zu, aber sie tat so, als hätte sie nichts gemerkt, was mir einen kleinen Stich versetzte. Fand sie also **immer noch**, dass Liam der **weltbeste Bruder** war, oder was? Wenn dieser kleine Zwischenfall ihr nicht zeigte, wie er wirklich war, dann würde sie es nie begreifen. Ihr war nicht mehr zu helfen.

Oh Gott. Atme. Und atme noch mal. Du wirst nicht **glauben**, was heute passiert ist. Ich bin mir nicht mal sicher, ob ich selbst es glaube, und ich war dabei. Nathan Crossfield weiß, dass ich **existiere**. Er kennt meinen Namen. Und er hat sogar mit mir gesprochen!

Mr Bearman bat mich, nach Englisch noch dazubleiben, und fragte, ob ich Lust hätte, beim Quiz-Team der Siebtklässler mitzumachen. Nathan wollte gerade aus der Klasse gehen, und Mr Bearman rief ihn zurück, um uns einander vorzustellen.

„Charly, das ist Nathan, der Leiter unseres Teams", sagte Mr Bearman. „Nathan, das ist Charly. Drück mal die Daumen, dass sie das vierte Zahnrad in unserem Laufwerk wird."

Nathan lächelte, und meine Knie wurden weich. „Hi, Charly, ich habe schon viel von dir gehört", sagte er warmherzig. „Ich hoffe, du möchtest bei uns mitmachen. Die Royal-Windsor-Schule meint, sie hätte den Sieg schon sicher, und ich würde ihnen liebend gern das Gegenteil beweisen.“

Hilfe! Wer hatte über mich gesprochen? Und was hatte er gehört? Dann dämmerte es mir: Er meinte, dass er von meinem **KAT**-Ergebnis gehört hatte. Er konnte nicht wissen, dass ich noch nie besonders gut in Ratespielen gewesen war und dass mein Durchmarsch bei irgendeinem Schultest nichts daran geändert hatte. Was, wenn ich eine entscheidende Quizfrage verpatzte und mich vor allen blamierte? Aber Nathan musterte mich mit seinen stahlblauen Augen, und ich erinnerte mich daran, dass dies die perfekte Möglichkeit war, ihn kennenzulernen. Außerdem: Dachte ich nicht darüber nach, an einem Talentwettbewerb teilzunehmen, ohne auch nur das geringste Anzeichen für irgendein Talent? Das stand auf dem **Schäm-o-Meter** viel → weiter oben.

Vielleicht war ich gut darin, intelligent zu sein, und das war jetzt meine Chance, es allen zu zeigen. Klar, ich müsste mein Allgemeinwissen auf Vordermann bringen, aber wenigstens konnte ich mit dem Versuch aufhören, mir die vergessene Kunst des Hula-Hoops wieder anzutrainieren. Wenn alles andere schiefging, musste ich mich auf meinen Humor verlassen. (Hmmm. Vielleicht sollte ich den Hula-Hoop-Reifen noch nicht wegschmeißen.)

„Na, was meinst du, Charly?", fuhr Nathan fort, und ich bemerkte, dass ich ihn angaffte, als wäre ich nur wenige Sterne von einer Galaxie entfernt. „Bist du dabei?"

Tja, wem will ich etwas vormachen? Er hatte mich schon mit „Hi, Charly“ überzeugt. Ich nickte. „Ja, warum nicht?“

Da lächelte er, und ich wusste, dass ich die richtige Wahl getroffen hatte. Musste ich eben ein paar Wiki-Seiten lesen und die Hauptstadt von Kasachstan lernen, na und? Ich würde mit dem coolsten Jungen unseres Jahrgangs abhängen. Ehrlich, was sollte schon schiefgehen?

Wege, um Nathan zu beeindrucken

1. Jeden Tag Übungen zur Stärkung des Busens machen. Sina hat seit dem Sommer zwei BH-Größen mehr, und Mum zwingt mich immer noch, Unterhemden zu tragen. Muss sie überzeugen, mir einen BH zu kaufen.

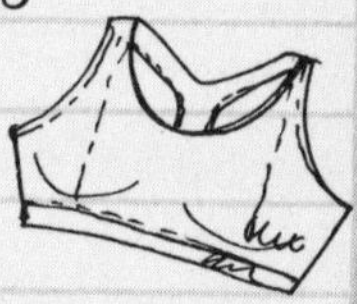

2. Umstyling – wie Sandy in **Grease**, aber ohne die ekelige Zigarette und das hautenge Top (vgl. Punkt 1).

3. Mir eine tolle neue Frisur zulegen. Oder eine Perücke.

4. Ihn mit erstaunlichen, kaum bekannten Tatsachen verblüffen. Muss zuerst kaum bekannte Tatsachen herausfinden – glaube nicht, dass es reicht, das Gesamtwerk der Droids aufzuzählen.

KAPITEL 8

Mit meiner Mutter zu sprechen, ist im Moment so, als müsste man einen Landstrich überwinden, der mit Tretminen übersät ist. Sie ist widerborstiger als ein **stacheliger Igel** in einem Distelfeld. Jetzt ist Oktober, und wenn sie sich bis Weihnachten die ganze Zeit so verhält, dann muss ich vielleicht ausziehen. Zwei weitere Monate halte ich ihre Launen nicht aus. Sonntag nach dem Mittagessen beging ich den Fehler zu fragen, ob ich mir blonde Strähnchen machen lassen darf. Man hätte meinen können, ich wollte Extensions mit Diamantenspitzen haben, so wie sie sich aufgeregt hat.

„Hast du eine Ahnung, wie viel das kostet?“, raunzte sie, nachdem sie erst mal eine gefühlte Ewigkeit lang die beleidigte Leberwurst gespielt hatte. „Selbst wenn du alt genug wärst, was du nicht bist, muss man auch die Pflege bedenken. Die Ansätze müssen alle sechs Wochen nachgefärbt werden. Ehrlich, ich weiß nicht, was in der letzten Zeit in dich gefahren ist. Du weißt doch, dass das Geld im Moment knapp ist.“

Ich habe so langsam die Vermutung, dass die Zwillinge uns unter die Armutsgrenze bringen. Wenn sie nicht darauf bestehen würde, jedes Babyprodukt auf dem Markt zu kaufen, dann wären wir vielleicht nicht total pleite. Ich meine, wie viele Schlafanzüge brauchen zwei kleine Leute schon?

Ich glaube, wir haben genug Zeug, um bald unseren eigenen Laden mit Babyartikeln aufzumachen. Ich öffnete den Mund, um sie daran zu erinnern, dass sie vielleicht auch ab und zu mal an die Bedürfnisse ihrer anderen Kinder denken sollte, aber die Worte blieben mir im Hals stecken. Wer braucht schon Friseure?, dachte ich, als ich die Treppe hinauf zu meinem Schlafzimmer stapfte. Wir übernachten am Freitag bei Molly. Ich kaufe auf dem Rückweg von der Schule einfach ein Strähnchen-Set und lasse mir die Haare von den beiden machen. Dann kann sich meine Mutter auch nicht beschweren, dass ich zu viel koste, oder?

Die Schule ist ein völlig anderer Ort, jetzt, wo ich wer **bin**. Alle Lehrer scheinen meinen Namen zu kennen, sogar die, die mich nicht unterrichten. Und seit ich mit Nathan rede, scheint mich der

Rest meines Jahrgangs mit etwas mehr Respekt zu behandeln, obwohl nicht alle von meiner Mitgliedschaft im Quiz-Team beeindruckt sind. Ich habe gemerkt, wie Imani Willis mir heute Morgen in Englisch einen **gehässigen Blick** zugeworfen hat, als Nathan stehen blieb, um mich daran zu erinnern, dass nächste Woche das erste Treffen vom Quiz-Team stattfindet. Sina sagt, das kommt daher, weil sie auf ihn steht und mich als Bedrohung sieht. Ich bin mir da nicht so sicher, denn Imani ist superhübsch und könnte leicht als Vierzehnjährige durchgehen. Wenn die Mädels mich heute Abend von einer **grauen Maus** in eine **sonnenglänzende Blondine** verwandelt haben, fühle ich mich vielleicht anders.

„Hier steht, dass du in 45 Minuten die üppige Farbe haben wirst, von der du immer geträumt hast“, sagte Sina und blickte prüfend auf die Anleitung in ihrer Hand. „Du hast doch einen Allergietest gemacht, oder?“

Wir quetschten uns in Mollys Badezimmer. Der Inhalt des Strähnchen-Sets lag auf der Fensterbank ausgebreitet, und ich hatte mir ein verwaschenes altes Handtuch um die Schultern gelegt. Molly hielt in einer Hand ein Bürstending aus Plastik und in der anderen etwas, das verdächtig nach einer Häkelnadel aussah. Sina hatte die Aufgabe, die Anleitung zu lesen und dafür zu sorgen, dass wir uns Wort für Wort daran hielten.

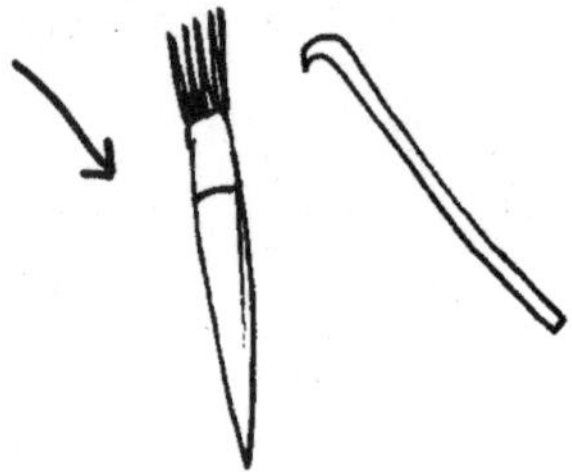

Ich nickte und nahm meine Haare zusammen, damit sie es sehen konnte. „Jep, vor zwei Tagen hinter meinem Ohr. Ich habe auf keinen der Inhaltsstoffe reagiert.“

„Gut. Ich habe eine Geschichte über eine Frau gelesen, die keinen Hauttest gemacht hat, und sie war allergisch." Sina legte eine Pause ein und senkte ihre Stimme zu einem heiseren Flüstern. **„Sie ist gestorben."**

Molly wedelte mit der Häkelnadel. „Das sieht aus wie diese Dinger, die Ägypter benutzt haben, um das Gehirn aus der Nase zu ziehen, wenn man tot war."

Ich nahm es ihr ab. „Damit lasse ich dich nicht in meine Nähe. Da steht, mit dem Plastikspatel bekommt man ein frecheres, wirkungsvolleres Ergebnis. Außerdem würdest du mich damit wahrscheinlich aufspießen."

Sina hörte auf, das Blatt Papier zu studieren, und zog die Gummihandschuhe an. „Gut. Bist du bereit?"

Sie schraubte den Plastikspatel auf die

Flasche mit beißend riechender Flüssigkeit und gab sie Molly, die zwei leuchtend gelbe Gummihandschuhe trug.

„Ich hoffe, ihr macht damit nicht das Klo sauber“, sagte ich.

Molly schniefte und zuckte die Schultern. „Dem Geruch nach zu urteilen, der aus dieser Flasche kommt, glaube ich nicht, dass du dir Sorgen um ein paar verirrte Bakterien aus dem Klo machen musst.“ Mit Grabesstimme fügte sie hinzu: **„Das Strähnchen-Set Strahlendes Blond** bringt alle bekannten Bakterien um.“

Sina sah auf die Uhr. „Okay, fangen wir an. Beginnen wir mit der **Operation Blondes Gift**.“

Der erste Klumpen kaltes Gel auf meiner Kopfhaut biss etwas. Als die ganze Färbung aufgetragen war, brannte mein kompletter Kopf. „Ähm ... soll das wehtun?“

Sina nahm die Anleitung zur Hand. „Da steht, es kann zu einem leichten Kribbeln kommen."

Das war ein gewaltiges Kribbeln. Aber Schönheit muss leiden. Vorsichtig neigte ich den Kopf, um auf die Uhr zu sehen. „Na gut. Wie lange muss ich es drauflassen?"

Molly überprüfte stirnrunzelnd die Stoppuhr auf ihrem Handy. „Also, eigentlich nur noch drei Minuten, aber das kann nicht stimmen, weil wir das Zeug ja gerade erst auf deinen Hinterkopf aufgetragen haben."

Sina drehte das Blatt Papier um. „Hier steht: ‚Nicht länger als 45 Minuten drauflassen.' Vielleicht arbeitet es am Hinterkopf schneller."

Wir alle drei betrachteten mein Spiegelbild. Ein Farbrinnsal wand sich zu meinem Kinn herab, und meine Stirn sah aus, als hätte ich irgendwo einen **Umpa Lumpa** in meinem Stammbaum gehabt. Mein Haar selbst war eine Masse aus schleimigen matschfarbenen Strähnen, die an meinem Kopf klebten. Insgesamt sah es nicht gerade so aus, als würde es nach Glamour und Perfektion schreien.

„Wir geben ihm also noch etwas Zeit?", fragte ich vorsichtig, wischte die Schliere auf meiner Wange ab und hoffte, dass die deutlich sichtbare orangefarbene Linie mit Seife und Wasser verschwinden würde.

Molly zog schnalzend ihre Handschuhe aus. „Kommt, lasst uns beim Warten **Singstar** spielen."

Nachdem wir uns in ihr Zimmer zurückgezogen hatten und jede ein Lied gesungen hatte, waren 20 Minuten vergangen, und uns alle juckte es in den Fingern (in meinem Fall auch auf dem Kopf), das Ergebnis unserer

Arbeit zu sehen. Zurück im Badezimmer, beugte ich mich kopfüber über die Badewanne und wartete, währende meine persönlichen Kosmetikerinnen die Farbe ausspülten.

„Und?", wollte ich wissen, als das Wasser aufgehört hatte, über meine Ohren zu strömen. „Wie sieht es aus?"

Es folgte ein langes Schweigen.

„Na ja, auf der Packung steht, dass es mehrfarbige Strähnchen macht", sagte Sina endlich, und ihre Stimme zitterte nur ein kleines bisschen.

„Sina, sie sind **rot**", hörte ich Molly zischen. „Und die vorne sehen **grün** aus."

Mir schwante nichts Gutes. Ich sprang auf und starrte mein Spiegelbild an. Tatsächlich. Etliche verschiedene Farben zogen sich durch mein ehemals gewöhnliches Haar, von **schmutzigem Graublond** bis hin zu einem zweifellos

teichschlammigen Grün. Aber das war noch nicht das Schlimmste: Um meinen Scheitel herum liefen die Strähnchen in einem riesigen, ungleichmäßigen Klecks aus metallischem Orange zusammen. Es sah aus, als hätte jemand ein Ei über meinem Schädel aufgeschlagen. Ich stieß ein **entsetztes Heulen** aus und hielt mir die Augen zu. „Macht das weg!"

Sina tupfte mit einem Handtuch auf meinem Kopf herum. Sie war aschfahl. „Wahrscheinlich liegt es am Licht hier drin. Wenn deine Haare erst mal trocken sind, sieht es bestimmt besser aus."

Ich spähte zwischen meinen Fingern hindurch in der Hoffnung, dass es nicht so schlimm war, wie es zuerst ausgesehen hatte. Dann kniff ich die Augen wieder zu – wenn überhaupt, war es höchstens noch schlimmer. Und zu allem Überfluss musste Mollys Mum meinen Schrei gehört haben und war raufgekommen, um nachzusehen, was los war. Sie hämmerte an die Badezimmertür. „Was macht ihr da drinnen?"

„Lass sie nicht rein", bettelte ich Molly flüsternd an. „Sie darf mich so nicht sehen!"

„Nichts", rief Molly, und sogar in meinen farbverkrusteten Ohren klang sie panisch. „Wir machen uns bettfertig, das ist alles."

„Erzähl nicht so einen Quatsch, Molly, es ist erst halb neun", gab ihre Mum mit argwöhnischer Stimme zurück. „Macht bitte die Tür auf!"

Molly warf mir einen **entschuldigenden Blick** zu, aber ich wusste, dass sie keine Wahl hatte. Sie griff hinüber und entriegelte das Schloss. Die Tür schwang auf, und Mrs Papadopoulos erschien auf der Schwelle. Sie warf einen Blick auf meinen verunstalteten Kopf und schlug die Hände vor den Mund.

„Ich wusste, dass ihr etwas im Schilde führt. Deine Mutter wird dich umbringen." Mit einem Blick erfasste sie den Zustand des Badezimmers. Farbtropfen zierten jede Oberfläche, inklusive der Toilettenschüssel. „Und wenn sie es nicht tut, tue ich es!"

KAPITEL 9

Mein Plan war, am Samstagmorgen früh nach Hause zu gehen und mich die Treppe hochzuschleichen, ohne dass mich jemand sah. Aber Mollys Mum hatte meiner schon eine Entschuldigungs-SMS geschickt, um zu erklären, dass sie keine Ahnung gehabt hätte, was wir machen, bis es zu spät war. Als ich also die Haustür aufstieß und in unseren Flur trat, erwartete mich das genaue Gegenteil von einem Empfangskomitee.

„Charly Bond, komm her. Sofort."

Mum hörte sich so wütend an, dass ich sie unmöglich ignorieren konnte. Ich musste versuchen, es einfach zu überspielen. Ich holte tief Luft und stieß die Wohnzimmertür auf.

„Hi“, sagte ich so unschuldig wie möglich. „Was ist los?“

„Kalt draußen, was?“, fragte Dad und zeigte auf die **rote Pudelmütze**, die ich mir über die Ohren gezogen hatte.

„Es ist Oktober“, gab ich zu bedenken. „Es liegt schon etwas Frost in der Luft.“

Mum sah mit eisigem Schweigen zu. Dad musterte mich mitfühlend.

„Bringen wir's besser gleich hinter uns, Charly“, sagte er freundlich. „So wie man ein Pflaster abzieht.“

Es gab keinen Ausweg. In die Enge gedrängt, griff ich zögernd nach meinem Kopf.

Mums Gesicht war ein **Bild des Entsetzens,** als ich Mollys Mütze herunterzog und meine **schreiend bunten** Haare herabfielen. Dad dagegen fing schallend an zu lachen. Liam spuckte sein Getränk fast überall herum.

„Was hast du dir angetan, du dummes Mädchen?“, fragte Mum mit gepresster Stimme, nachdem sie die Sprache wiedergefunden hatte.

Ich dachte, es wäre ziemlich offensichtlich, was ich getan hatte, aber jetzt war wohl nicht der richtige Zeitpunkt für Sarkasmus. „Auf der Verpackung sah es nicht so aus.“

Da bekam Dad noch einen weiteren Lachanfall. Mum warf ihm einen genervten Blick zu. „Wenn du dich nützlich machen willst, kannst du eine Schere holen. Das muss ab.“

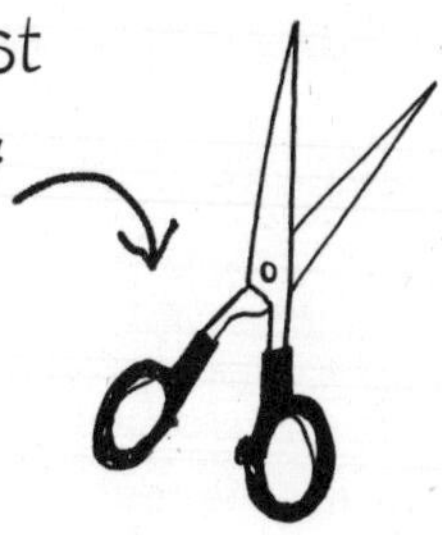

Liam stieß ein **hämisches Gackern** aus, als Dad in die Küche ging. Jeder Tropfen Blut wich aus meinem Gesicht. Meinte sie das ernst?

„Ich d-dachte, wir könnten es e-einfach noch einmal färben“, stammelte ich und suchte in ihrem entschlossenen Gesicht nach dem kleinsten Anzeichen dafür, dass sie mich nur zur Strafe aufzog.

Sie legte schützend die Hand auf ihren Bauch und runzelte die Stirn. „Das kann ich nicht. Nicht mal mit Handschuhen, es wäre schädlich für die Babys.“ Kritisch musterte sie meine Haare und seufzte. „Außerdem kann nur ein richtiger Friseur diesen Schlamassel wieder beseitigen, und den können wir uns einfach nicht leisten. Am besten schneiden wir es so kurz wie möglich und lassen den Rest rauswachsen.“

„Ich mach das“, bot Liam grinsend an. „Ich kann meine Haarschneidemaschine benutzen.

Ich wette, mit einem Stoppelschnitt sieht sie gut aus."

Das Problem war, dass ich nicht einschätzen konnte, ob Mum und Liam es ernst meinten. Meine Unterlippe begann bei dem Gedanken zu **zittern**, dass ich am Montag ohne Haare zur Schule gehen musste. Ich wäre eine Witzfigur.

Dads Stimme drang aus der Küche. „Charly, komm her und hilf mir suchen."

Ich blinzelte die Tränen weg und trottete an meiner grausamen Mutter und meinem sadistischen Bruder vorbei.

„Wenn du mich auch nur ein bisschen liebst, dann sorg dafür, dass sie meinen ganzen Kopf abschneidet", sagte ich niedergeschlagen zu Dad.

Er tätschelte mir die Schulter. „So schlimm ist es nicht. Ich habe eine hübsche **Elvis-Perücke**, die du dir leihen kannst, wenn du willst."

Neue Tränen stiegen mir in die Augen.

„Dad!“, jammerte ich. „Du bist keine große Hilfe!“

„Tut mir leid.“ Seine Belustigung ließ etwas nach. Er klimperte mit den Autoschlüsseln vor meinem Gesicht. „Warum schleichen wir uns nicht hinten raus und gucken, ob einer der Friseure in der Stadt dich wieder hinkriegt?“

Ich habe nicht oft den Drang, körperlichen Kontakt zu meinen Eltern zu suchen, aber jetzt warf ich Dad die Arme um den Hals. „Ja. **JA!** Lass uns gehen!“

Grinsend wuschelte er mir durch **meine misshandelten Haare**, und diesmal versuchte ich nicht, mich wegzuducken.

„Tu mir nur einen Gefallen, Charly“, sagte er, als ich ihm aus der Hintertür folgte.

Jetzt kam sie: die **Killer-Bedingung**, dass ich

für den Rest meines Lebens sein Auto waschen oder ihm jedes Wochenende bis in alle Ewigkeit Tee und Toast ans Bett bringen musste. „Ja?"

Er zog mir Mollys Pudelmütze aus der Hand und gluckste in sich hinein. „Trag die hier und halte den Kopf gesenkt, ja?"

Mum würde stinksauer sein, wenn sie herausfand, wo wir hingegangen waren. Aber dann war es zu spät, um noch die **Schere des Unheils** zu schwingen. Vielleicht war heute doch kein so schlimmer Tag.

KAPITEL 10

Ich hätte nie gedacht, dass ich das mal sage, aber mein Dad **rockt**. Er fand nicht nur einen Friseur, der meine **katastrophalen Haare** wieder hinkriegte, er brachte mich zu einem, der es sogar schaffte, dass ich besser aussah als jemals zuvor. Und er bezahlte die **grauenhaft teure** Rechnung ohne einen einzigen Kommentar, weshalb ich irgendwie ein noch schlechteres Gewissen hatte. Ich muss einen Weg finden, mich bei ihm zu bedanken.

Wie sich herausstellte, war ich nicht dazu geschaffen, blond zu sein, wie ich immer gedacht hatte. Unter meinem Mausbraun lauerte ein glänzendes Brünett, und es dauerte nur eineinhalb Stunden mit Sheryl von Haarzauber, um es zum Vorschein zu bringen. Außerdem schnitt sie die beschädigten, abstehenden Teile zu süßen, flippigen Stufen. Ich konnte nicht aufhören, sie mir anzusehen, und sogar Mum gab grummelnd zu, dass es gut aussah.

„Nicht, dass du es verdient hättest", sagte sie schniefend bei unserem Sonntagsessen. „Wenn es mit rechten Dingen zuginge, müsstest du **kahlköpfiger** sein als **Duncan Goodhew.**"

Ich weiß nicht, warum sie von uns erwartet zu wissen, wer diese Leute sind. Nicht mal Dad kennt alle Namen, die sie so von sich gibt. Manchmal glaube ich, sie erfindet sie. Und welche Mutter will überhaupt, dass ihre Tochter kahlköpfig ist? Die Schwangerschaftshormone verwandeln sie in die **böse Königin** aus **Schneewittchen**.

Dad fing meinen Blick auf und zwinkerte mir über ihren Kopf hinweg zu. Ich lächelte zurück, und wir hatten einen seltenen Moment von gemeinsamem Einverständnis. Es heißt schon einiges, wenn dein Dad dich besser versteht als deine Mum. Als Nächstes wird mir Liam womöglich noch erzählen, dass er hinter mir steht. **Ha, ha, ha, ha.**

Als hätte er meine Gedanken gelesen, runzelte Liam die Stirn. „Deine Haare erinnern mich an jemanden, aber mir fällt nicht mehr ein, an wen.“ Er dachte eine Minute lang nach, dann schnippte er mit den Fingern und grinste. „Jetzt hab ich's – Rolo!“

Ha, das sagt gerade der Richtige, der selbst einen Pony hat wie ein alter englischer Schäferhund. Aber die neue, bessere Charly Bond ist ein stilvolles Mädchen und tauscht keine Beleidigungen mit idiotischen älteren Brüdern aus. Also lächelte ich einfach nur und stellte mir vor, wie ich ihm im Schlaf die Augenbrauen abrasierte.

Als ich nach oben kam, googelte ich Duncan Goodhew und fand heraus, dass er ein uralter Schwimmer ist, der überhaupt keine Haare hatte, nicht mal Augenbrauen oder Wimpern. Nicht zu fassen, dass Mum mir wünschte, wie er auszusehen. Nur um recht zu behalten. Wenn sie glaubt, dass ich ihr am nächsten Muttertag das Frühstück ans Bett bringe, dann hat sie sich geschnitten.

Ich wette, **Einsteins** Mutter hat nie damit gedroht, ihm den Kopf zu rasieren.

Schule war am Montag so ein **Kick**. Mädchen, mit denen ich vorher nie gesprochen hatte, hielten mich an und fragten, wo ich die Frisur bekommen hätte. Und, was eher beängstigend war, ein Zehntklässler **pfiff** mir hinterher, und seine Freunde **heulten** wie ein Hund. Ich glaube, das sollte ein Kompliment sein, aber ich fühlte mich etwas komisch dabei. Ich meine, so muss es sein, wenn man beliebt ist – man ist niemals unsichtbar. Als ich mich erst einmal daran gewöhnt hatte, war es gar nicht mehr so schlimm, obwohl ich auf das Verhalten der Jungs auch gut verzichten konnte.

Eigentlich bin ich fast froh, dass die Sache mit dem Strähnchen-Set so katastrophal ausgegangen ist. Und ich schulde Dad so richtig was, weil er mich vor der Schere gerettet hat. Molly und Sina sind der Meinung, dass Mum das nicht durchgezogen hätte. Ich bin mir da allerdings nicht so sicher wie die beiden.

Mollys **Besessenheit** von diesem **Idioten-Bruder** scheint schlimmer zu werden. Sie hat fast ihre ganze Mittagspause damit verbracht, Flyer von **Wolfsbrüder** zu verteilen und die Leute zu bitten, ihre Facebook-Seite zu liken. Sina glaubt auch, dass Liam sie nur benutzt, aber sie hat keine Idee, wie man Molly die Augen öffnen könnte. Wenn es sie nicht mal abgeschreckt hat, als ich ihr erzählt habe, wie er seine eigenen Zehennägel kaut, weiß ich auch nicht weiter. Ich bin mir ziemlich sicher, dass Liam und seine Kumpels auch hinter ihrem Rücken über sie herziehen, aber sie dulden sie, solange sie nützlich ist. Es wird alles mit Tränen enden, sobald **SJHT** vorbei ist, und ich gehe jede Wette ein, dass es nicht die von meinem Bruder sind.

Die Sache ist nur, dass es mir vorkommt, als ob Molly mich zurzeit auch nur ausnutzt. Wenn ich sie einlade, fragt sie immer zuerst, ob Liam zu Hause ist, und sie ist die ganze Zeit abgelenkt. Jedes Mal wenn eine Tür geht, zuckt sie zusammen, so als würde sie darauf warten, einen Blick auf ihn zu erhaschen. Sina meint, wir sollten etwas sagen, aber ich will sie nicht vor den Kopf stoßen. Eine wütende Molly ist **schrecklich**. Mit etwas Glück macht Liam bald etwas echt Ekeliges, und dann wird sie sich fragen, was sie jemals an ihm gefunden hat.

Ich hatte **Schmetterlinge** im Bauch, als ich nach der Schule zum ersten Treffen des Quiz-Teams ging und die Büchereitür aufdrückte. Was würde Nathan von meinem neuen Ich halten? Würde er es

überhaupt merken? Und wie waren die anderen Team-Mitglieder?

„Ah, da bist du ja, Charly“, rief Mr Bearman. „Komm her, setz dich und lern den Rest vom **Team St. Jude's** kennen.“

Ich versuchte, mein inneres Flattern zu ignorieren, und setzte mich an den Tisch. Wir waren zu viert – Nathan, ich und noch zwei andere, die ich nicht kannte. Sie sahen ernsthaft aus. Das Mädchen hatte eine winzige Brille mit schwarzem Rand und einen sehr strengen Pferdeschwanz. Der Junge schaute so angestrengt drein, dass ich wetten würde, er löste Sudokus im Schlaf. Und ich meine nicht die einfachen.

„Das ist Rebecca, und das ist Bilal“, stellte Mr Bearman vor. „Und Nathan kennst du natürlich schon.“

Nathan lächelte mich an. „Charly ist unsere

Geheimwaffe gegen die Royal-Windsor-Schule", erklärte er den anderen beiden, und ich zuckte innerlich zusammen. Ich dachte an die wenig schmeichelhaften Kommentare von Mum am Wochenende. Aber Rebecca und Bilal konnten ja nichts von meinem schusseligen Verhalten oder dem peinlichen Geheimnis wissen. Sie sahen nur eine Bereicherung für das Team. Mit – hoffentlich – einer richtig tollen Frisur.

Rebecca nickte mir zur Begrüßung mit ausdruckslosem Gesicht zu. „Wir waren gerade dabei, die Lerngebiete aufzuteilen", sagte sie, und ihr Füller verharrte über einem dicken Notizbuch. „Was ist dein Spezialthema?"

Tja, das war eine Frage, die mir vorher noch niemand gestellt hatte. Ich nehme an, ich sollte jetzt etwas Hochgestochenes sagen, wie zum Beispiel **Das Römische Reich** oder **Elemente des**

Periodensystems, aber mein Gehirn war wie leer gefegt, und ich platzte mit dem Ersten heraus, was mir einfiel: „Ähm ... Harry Potter?"

Rebeccas Füller schwebte über der Seite, als sich mich anstarrte, und ich überlegte, ob ich mir ein „War nur ein Scherz!"-Lächeln abringen sollte. Aber Mr Bearman nickte heftig.

„Es ist immer praktisch, einen Leser im Team zu haben", sagte er fröhlich. „Es gibt bestimmt ein oder zwei Fragen über ‚Er, dessen Name nicht genannt werden darf' in der Literatur-Runde."

Rebecca senkte den Blick und begann zu schreiben. Ich stieß ein erleichtertes Seufzen aus und beschloss, dass ich bald anfangen würde, die Bücher noch mal zu lesen. Oder wenigstens die Filme anzugucken. Ich wollte mich schließlich auf keinen Fall vor Nathan blamieren. Rebeccas Spezialthema war **Mythologie**, und Bilal war so eine Art Experte für **Naturkunde**, was auch immer das bedeutet. Nathan sagte, er wäre eher so was wie ein **Alleskönner**, und ich hätte mich in den Hintern treten können. Warum war mir das nicht eingefallen?

Mr Bearman erklärte, dass das Quiz in Runden gegen örtliche Schulen aufgeteilt ist, mit einem regionalen Ausscheidungskampf, der zum Finale führt. Bei unserem ersten offiziellen Antritt als Team müssen wir uns gegen zwölf andere Schulen durchsetzen, inklusive der furchterregenden Royal Windsor, und das schon nach den Trimesterferien – in nur fünf Wochen. Er schlug vor, dass wir uns neben unseren wöchentlichen Sitzungen montags nach der Schule möglichst auch in den Trimesterferien treffen sollten, um Übungstests zu machen und letzte Schwächen aufzudecken.

„Und wo treffen wir uns?", fragte Nathan. „Hat jemand eine Idee?"

Bevor jemand etwas sagen konnte, schoss meine Hand in die Luft. „Ihr könnt zu mir kommen", sagte ich und hoffte, dass ich nicht so übereifrig klang, wie ich mich fühlte. „Solange ihr nichts gegen Hunde habt."

Mr Bearman sah erfreut aus. „Danke, Charly. Vielleicht kannst du deine Eltern fragen, ob das in Ordnung ist, und dann den anderen Bescheid geben?"

Ich nickte in der Hoffnung, dass es Mum nichts ausmachte, wenn sie vorbeikamen. Sie hatte sich bis jetzt nie darüber beschwert, wenn Molly und Sina da waren, aber dann würde sie noch schwangerer sein, und ihre Launen waren jetzt schon unvorhersehbar genug. Vielleicht wollte sie kein volles Haus, nicht mal wenn es zum Wohl meiner Ausbildung war. Ich musste mir auch etwas für Rolo einfallen lassen. Er würde wahrscheinlich versuchen, die anderen anzufressen, wenn mir nicht irgendeine Idee kam, wo er hingehen konnte.

Kurz darauf war das Treffen zu Ende. Als wir gingen, lief Nathan neben mir her. „Danke, dass du uns zu dir nach Hause eingeladen hast“, sagte er. „Ich bin wirklich froh, dass du im Team bist.“

Ich fühlte, wie mir die Röte in die Wangen stieg. „Kein Problem.“

Er hielt die Büchereitür auf, und wir traten nach draußen. Es gab ein etwas **unangenehmes Schweigen**.

„Also, wir sehen uns?“ Er zog die Augenbrauen hoch.

„Klar“, antwortete ich und fühlte einen

enttäuschten Stich, dass er meine neue Frisur nicht bemerkt hatte. „Wir sehen uns."

Ich war ungefähr zehn Schritte weit weg, als er meinen Namen rief. „Charly?"

Ich drehte mich um. „Ja?"

Er grinste mich an. „Siehst gut aus."

Dieses Mal lief mein ganzes Gesicht knallrot an. Ich fuhr herum, damit er es nicht sah. „Danke. Du siehst auch nicht schlecht aus."

Okay, das wird mir nicht den **Nobelpreis für Schlagfertigkeit** einbringen, aber egal. Nathan Crossfield findet, dass ich gut aussehe. Und das ist im Moment alles, was zählt.

Zehn verrückte Tier-Tatsachen

- Giraffen können sich selbst die Ohren lecken. Angeber …
- Emus können nicht rückwärts laufen.
- Ein Tintenfisch kann seinen eigenen Arm essen, wenn er unter Stress steht – ich weiß, wie sich das anfühlt.
- Ein Blutegel hat 32 Gehirne – könnte einen für das St.-Jude's-Team anwerben.
- Taranteln können dreißig Jahre alt werden.
- Das am meisten verbreitete Tier in der Welt ist das Huhn.
- Eine Schnecke hat vier Nasen. Wie riecht sie? Schrecklich! (An diesem Witz muss ich vielleicht noch arbeiten.)
- Katzen haben über 100 Stimmgeräusche, Hunde nur um die zehn.
- Austern können ihr Geschlecht ändern.
- Es gibt mehr als 2400 Floharten auf der Welt – igitt!

KAPITEL 11

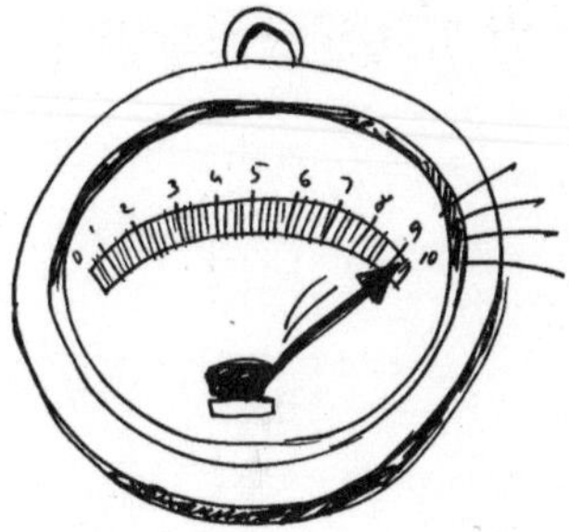

Also, der Tag heute bekommt eine 9,5 auf dem **Scheiß-o-Meter**. Alles fing schon damit an, dass ich mich die ganze Nacht herumgewälzt habe. Und der einzige Grund, warum ich weiß, dass ich überhaupt eingeschlafen bin, ist, weil ich einen Albtraum hatte. In diesem Traum lief ich **in Unterwäsche** in der Schule herum, und die Leute bombardierten mich wahllos mit Fragen. Man braucht keinen Doktor in Traumdeutung, um sich zu denken, worum es dabei geht: Es sind nicht mal mehr drei Wochen bis zum regionalen Ausscheidungskampf für das Quiz-Team, und der Druck steigt. Ich habe immer mehr das Gefühl, dass Bilal und Rebecca nicht wirklich verstehen, was ich zu bieten habe. Es ist also keine Riesenüberraschung, dass ich ein klitzekleines bisschen gestresst bin wegen allem. Ich habe eine Ewigkeit gebraucht, um mich aus dem Bett zu quälen. Und als ich es endlich geschafft hatte, stellte ich fest, dass süße, flippige Stufen gar nicht so toll hinzukriegen sind, wenn man in Eile ist und nur einen kaputten Kamm und einen Reiseföhn hat. Lass endlich nächste Woche werden, dann kann ich so lange schlafen, wie ich will, und es ist egal, ob ich aussehe wie ein Monster mit **Schlangenhaaren**.

Mum war mal wieder verständnisvoll wie immer.

„Mach voran, Charly“, bellte sie die Treppe hinauf, während ich mir verzweifelt Liams Wachs in die widerspenstigen Haare klatschte. Jetzt sehen sie aus, als ob sich eine Schnecke auf meinem Kopf aufgelöst hätte. „Du gehst zur Schule, nicht zur London Fashion Week.“

Für jemanden, der angeblich schon außer Atem kommt, wenn er zum Auto geht, kann sie noch total laut schreien. Manchmal frage ich mich, ob sie die Schwangerschaftsbeschwerden übertreibt, damit wir alle Mitleid mit ihr haben. Andererseits habe ich gestern Abend im Fernsehen aus Versehen ein bisschen von **Ein Baby pro Minute** gesehen. Und jetzt, wo ich weiß, was ihr bevorsteht, glaube ich, dass sie mein Mitleid verdient. Warum bekommen Frauen jemals mehr als ein Baby? **Iiihhhh**. Obwohl ich natürlich froh bin, dass meine Eltern nicht nach einem aufgehört haben, sonst würde es mich nicht geben. Liam wünscht sich wahrscheinlich, sie hätten es getan.

Egal, ich kann mir auf jeden Fall nicht leisten, es mir mit Mum zu verscherzen, weil ich ständig vergesse zu fragen, ob das **St.-Jude's-Team** in den Ferien vorbeikommen darf, und es sind nur noch drei Tage Schule. Montagabend war sie beim Yoga, und gestern Abend ist sie vor dem Fernseher eingeschlafen. Dad hat nicht zugelassen, dass ich sie wecke, also hatte ich noch keine Chance, zu fragen. Ich bin sicher, dass sie nichts dagegen hat, aber ich will nichts heraufbeschwören, indem ich Nathan sage, dass wir startklar sind, bevor die **Dicke Lady** es abgenickt hat. Außerdem will ich ihm lieber nicht zu nahe kommen, jetzt, wo meine Haare aussehen, als ob ich gerade vom **Schleimplaneten** zurückgekommen wäre.

Liam warf mir einen Blick zu, als ich ins Auto stieg, und schüttelte seinen Kopf. „Denk dran, adoptiert!"

Manchmal frage ich mich, ob er derjenige ist, der adoptiert wurde. Das würde so viel erklären.

Trotz alledem wäre der Tag gar nicht mal so scheiße gewesen, wenn nicht auch noch der **gigantomanische** Streit mit Molly gekommen wäre. Wir haben schon seit Monaten geplant, an Halloween zusammen um die Häuser zu ziehen, und jetzt sagt sie, sie kann nicht mitkommen, weil sie „andere Verpflichtungen" hat. Ich weiß, dass sie ein Lied für **SJHT** übt, aber doch bestimmt nicht rund um die Uhr. Und ich wette, sie könnte sich einen Abend freinehmen, wenn sie es wirklich wollte. Dann fand ich den wahren Grund heraus, warum sie nicht mitkommen wollte: **Wolfsbrüder** hatten eine Probe, und Liam hatte sie eingeladen zuzugucken. Wahrscheinlich, um sie bei Laune zu halten und sicherzustellen, dass sie weiterhin den

Laufburschen für sie spielt. Ich weiß nicht, was mich wütender macht – die Tatsache, dass sie Sina und mich **schon wieder** hat fallen lassen oder dass sie **zu blöd** ist, um zu merken, warum Liam das wirklich macht.

„Weiß er, dass du am Wettbewerb teilnimmst?", fragte ich sie herausfordernd auf dem Heimweg nach der Schule.

Sie reckte ihr Kinn in die Luft. „Ja. Ich habe es ihm schon vor einer Ewigkeit erzählt."

Ich schnaubte und versuchte, es nicht merkwürdig zu finden, dass sie sich anscheinend mehr mit meinem Bruder unterhielt als ich. „Wenn ich du wäre, würde ich das noch mal überprüfen. Was meinst du, wie er reagiert, wenn du ihn und seine dämliche Band von der Bühne fegst?"

„Na ja, vielleicht steige ich dann aus", erklärte sie. „Die Band ist wichtiger als ich."

Ich starrte sie an und wünschte, Sina wäre nicht gerade bei einem Treffen der Schwimmmannschaft, damit sie den **Müll** hören könnte, den Molly hier verzapfte. „Okay, wer bist du, und was hast du mit meiner Freundin gemacht? Die Molly Papadopoulos, die ich kenne, würde so etwas nie sagen."

„Es dreht sich nicht bei uns allen nur um **mich-mich-mich** wie bei dir, Charly", schoss sie zurück. „Nur weil ich nicht finde, dass Gewinnen das A und O ist, denkst du, ich bin verrückt geworden."

Mich-mich-mich – ähm ... **mich**? Das war ein bisschen heftig für eine Person, die eine **lausige Band** über ihre **besten Freundinnen** stellte. Und warum ging es jetzt überhaupt plötzlich um mich? Ich war nur eine unbeteiligte Zuschauerin. Außerdem, als ich es das letzte Mal kontrolliert habe, war Liam wesentlich mehr von sich selbst eingenommen als ich. Ich biss die Zähne zusammen. „Nein, ich denke, dass du meinen nichtsnutzigen Bruder vorziehst, obwohl er es nicht verdient."

Sie warf ihren Kopf zurück. „Du siehst eben nicht, was ich sehe."

Ich hätte ihr am liebsten eine gescheuert, wirklich. „Offensichtlich", schnauzte ich. „Aber erwarte kein Mitleid von mir, wenn er dich nach **St. Jude's hat Talent** eiskalt fallen lässt."

Sie musterte mich kühl. „Eifersucht ist eine schlimme Sache, Charly. Nur weil Liam das ganze Talent abbekommen hat, brauchst du ihn nicht die ganze Zeit zu hassen."

Da bin ich ausgeflippt. „Weißt du was?" Ich explodierte förmlich und bog in eine Seitenstraße ab, damit ich sie nicht mehr angucken musste.

„Du verdienst alles, was du bekommst. Und damit du es weißt: Sina und ich ziehen an Halloween allein um die Häuser. Wahrscheinlich macht es sowieso viel mehr Spaß ohne dich, wo du sowieso die ganze Zeit nur über **Wolfsbrüder** faselst."

Ich wartete ihre Antwort nicht ab. Mit zornigen Tränen in den Augen stapfte ich die Straße hinunter. Erst als ich um eine Ecke bog, merkte ich, dass ich in einer Sackgasse gelandet war. Aber ich konnte nicht direkt wieder zurückgehen, weil Molly mich sehen und denken könnte, dass ich mich entschuldigen will. Also setzte ich mich auf eine Gartenmauer und wartete, während ich den Streit noch einmal im Kopf durchging. Dann kam eine alte Frau heraus und sagte, ich solle abhauen, sonst würde sie mich mit ihrem Besen verprügeln, was echt unfair war, weil ich nicht mal irgendwas gemacht hatte. Bei der Frau, die vor dem Supermarkt für die Altenpflege sammelt, spende ich nie wieder was.

Wie schon gesagt, heute war einfach nur **scheiße**.

Mehr unnützes Wissen für die Quiz-Königin

- Seesterne haben Wasser als Blut.
- Q ist der einzige Buchstabe im Alphabet, der in keinem Namen von einem der Vereinigten Staaten vorkommt.

- Venus ist der einzige Planet, der sich im Uhrzeigersinn dreht – woher wissen die dieses Zeug?

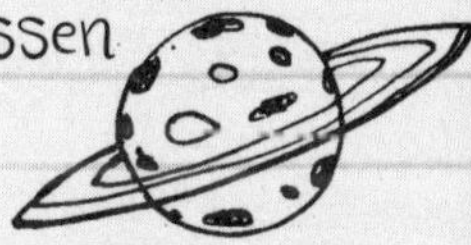

- Haie haben obere und untere Augenlider, aber sie blinzeln nicht. Merken: Nicht mit Haien Poker spielen.

- Die Lebenserwartung einer Wimper beträgt ungefähr 90 Tage.

* Es gibt auf jedem Kontinent ein Rom – macht Sinn, schließlich heißt es, alle Wege führen nach Rom, oder? Kapiere allerdings nicht, wie das gehen soll …

* Viele Hotels haben kein 13. Stockwerk.

* Wenn man acht Jahre, sieben Monate und sechs Tage lang schreit, könnte man genug Schallenergie erzeugen, um eine heiße Tasse Tee zu machen – außer man ist meine Mutter, dann reicht schon ein drachenmäßiges Brüllen …

KAPITEL 12

Sina war voll auf meiner Seite, als ich sie anrief und erzählte, was passiert war. Wir waren uns einig, dass irgendwas ziemlich Drastisches passieren musste, um Molly aus ihrer Besessenheit von Liam herauszureißen.

„Was ist aus **Liebe geht, Freundschaft steht** geworden?“, fragte Sina bedrückt.

„Männer kommen und gehen, aber Freundinnen bleiben für immer“, stimmte ich zu, obwohl ich mit den Gedanken nicht wirklich bei der Sache war. Hauptsächlich dachte ich darüber nach, wie komisch es sein würde, an Halloween ohne Molly loszuziehen, aber sie hatte ihre Wahl getroffen, und es waren die **stinkenden Wölfe**. Von diesem Moment an war sie allein.

Mum war erstaunlich begeistert davon, in den Trimesterferien das Quiz-Team hier zu haben. Ich glaube, sie hat sich Sorgen gemacht, dass ich mich langweilen würde und von ihr erwartete, mich zu bespaßen. Ich schwöre, dass sie mich manchmal immer noch für eine Vierjährige hält. Aber ich will mich nicht beschweren. Ich weiß nicht, wo das erste halbe Trimester auf St. Jude's geblieben ist, aber plötzlich waren es nur noch zwei Wochen bis zum Quiz, und wir mussten dringend mal ernsthaft pauken.

Am Montagnachmittag kamen Rebecca, Bilal

und Nathan also für unsere Lern-Session zu uns nach Hause. Ich hatte Liam gegenüber nicht erwähnt, dass sie vorbeikamen. Ich vermutete, dass er wahrscheinlich eher hier abhängen würde, wenn er wüsste, dass es ein Publikum für ihn gab, um anzugeben. Und er würde versuchen, sie zu **Wolfsbrüder**-Fans zu machen. Beim Gedanken daran, wie Rebecca und Bilal höflich diesem Geschrei lauschten, musste ich lächeln. Ich hatte so meine Zweifel, dass einer von ihnen ein großer Fan von Thrash Metal war. Das würde Liam allerdings nicht abschrecken. Es war am sichersten, wenn er aus dem Haus war. Zum Glück standen die **Götter frustrierter kleiner Schwestern** mir ausnahmsweise mal bei, und er verkündete Mum, dass er zum Kicken in den Park gehen würde.

Kurz fragte ich mich, ob Molly dort sein würde. Ich wette, das war sie – die letzten Tage des Trimesters hatte sie sowohl Sina als auch mich eisern ignoriert. Nicht, dass wir uns überschlagen hätten, um mit ihr zu sprechen. Es fühlte sich komisch an, nur noch ein Paar zu sein anstatt ein Trio, aber wenigstens hatten Sina und ich noch uns. Ich hatte gesehen, wie Molly auf dem Schulhof in der Pause und beim Mittagessen allein herumsaß, und wusste, dass sie sich ohne uns einsam fühlen musste. Fast hätte ich vorgeschlagen, dass wir zu ihr hinübergingen. Dann dachte ich daran, dass sie Liam über uns gestellt hatte, und blieb, wo ich war.

Trotzdem **vermisste** ich Molly. Wir hatten uns schon vorher gezankt, aber nie total verkracht, und sie hatte keine Geschwister, die ihr in den Ferien Gesellschaft leisten konnten. In gewisser Hinsicht konnte ich ihr also schlecht vorwerfen, dass sie mit Liam abhing.

Aber als die anderen ankamen, vergaß ich meine Probleme mit Molly fast. Mum war sogar ziemlich gesellig, watschelte herum und bot Getränke und Kekse an.

„Ich habe noch Cashewkerne und Bananen, wenn ihr lieber etwas Gesünderes möchtet“, schnatterte sie weiter, als wir uns ins Wohnzimmer setzten. „Und ich dachte, ihr möchtet vielleicht eine meiner Meditations-CDs anhören, um euch besser zu konzentrieren.“

Moment mal, waren diese CDs nicht für die Geburt? Ich hörte, wie Rebecca ein Lachen unterdrückte, und meine Wangen wurden heiß. Ich schnappte mir die Fernbedienung und schaltete den Fernseher ein. „Schon in Ordnung. Wir machen den Musikkanal an. Mach dir keine Umstände, Mum.“

Sie warf mir einen durchdringenden Blick zu, und mir drehte sich der Magen um. Einen Moment lang dachte ich, dass sie sich zu uns setzen würde. Aber dann seufzte sie. „Na schön, was auch immer am besten für euch ist. Ich bin in der Küche, wenn ihr irgendetwas braucht."

„Wann kommt das Baby?", fragte Nathan, als sich die Küchentür geschlossen hatte.

„**Babys**", korrigierte ich ihn lächelnd. „**Zwillinge**, und sie sind für den zweiten Weihnachtstag ausgezählt."

Nathans Augen weiteten sich. „Wow. Wie fühlst du dich dabei?"

Das war eine gute Frage, und die Antwort schien sich täglich zu ändern. Im Moment fühlte ich mich **ganz okay**. „Aufgeregt, glaube ich. Aber natürlich auch besorgt, dass von mir erwartet wird, Windeln zu wechseln."

„Ich fände es schrecklich, wenn meine Mum noch mehr Kinder bekommen würde“, sagte Rebecca schaudernd. „Ich glaube, ich würde zu Hause ausziehen.“

Ich wollte nicht zugeben, dass ich am Anfang das Gleiche gedacht hatte. „Glaubt mir, mein älterer Bruder ist viel nerviger, als die Zwillinge es jemals sein könnten“, sagte ich. „Da hätte man mit einem **Dementor** mehr Spaß.“

Nathan lächelte. „Ältere Schwestern sind auch nicht viel besser. Meine verbringt ihr Leben entweder am Telefon oder im Bad.“

Mum kam aus der Küche, und Rolo ergriff die Gelegenheit, hinter ihr herzuspringen. Mit wedelndem Schwanz, als hätte er ein paar lange vermisste Freunde wiedergefunden, bedachte er jeden meiner Team-Kollegen mit einer schlabberigen Begrüßung.

„Sorry“, sagte ich und durchbohrte Mum mit einem bedeutungsvollen Blick. „Er sollte eigentlich in der Küche bleiben.“

Nathan kraulte Rolos Ohren. „Keine Sorge, er kann unser Team-Maskottchen sein.“

Bilal räusperte sich. „Wir sollten anfangen. Es gibt eine Menge Beispielfragen, die wir durchgehen müssen.“

„Ooh, braucht ihr einen Quizmaster?“, fragte Mum, und ihr Gesicht hellte sich auf. „Ich bin ganz großartig im Parodieren von dem Moderator Jeremy Paxman.“

Es ist nicht großartig, es ist **miserabel**, und sie macht es jedes Mal, wenn Uni-Duell im Fernsehen läuft. Stell dir eine hochschwangere Frau vor, die einen vornehmen Mann mittleren Alters parodiert, und multipliziere den Schauerfaktor mit einer Million. Für eine **übelkeitserregende** Sekunde dachte ich, sie würde gleich damit anfangen. Da rettete Nathan mich. „Die Fragen sind aufgeschrieben, Mrs Bond. Aber trotzdem danke."

Ich warf ihm einen dankbaren Blick zu, bevor ich meine Mutter böse ansah. „Kannst du Rolo bitte mitnehmen? Er versucht schon wieder, den Fernseher anzufressen."

Als Rolo erst mal in die Küche gezerrt war, machten wir uns an die Arbeit. Ich war erstaunt darüber, wie viele der Fragen ich wusste. Vielleicht zahlten sich meine Recherchen so langsam aus. Erst als wir die Antwortbögen austauschten, kam die Ernüchterung.

„Die Hauptstadt der USA ist Washington, D.C., nicht New York", sagte Rebecca missbilligend. „Ich dachte, das weiß jeder."

Ich wand mich auf meinem Stuhl. „Klar, natürlich."

Sie blickte mich über ihre Brille hinweg finster an. „Das größte Tier auf der Erde ist der Blauwal, und die Schlacht von Hastings war 1066.“ Ihre Augen verengten sich argwöhnisch.

„Sag mir noch mal, warum du für das Quiz-Team ausgesucht wurdest?“

Für die drei war alles in Ordnung, sie waren auf der gleichen Grundschule gewesen – so eine, die Quiz-Wettbewerbe fördert. Molly und Sina und ich waren stattdessen zu beschäftigt damit gewesen, **Popstars** zu spielen. Das Blut begann in meinen Ohren zu rauschen. „Tut mir leid.“

„Es ist nicht schlimm, wenn du ein paar falsch hast“, sagte Nathan und sah Rebecca stirnrunzelnd an. „Denkt dran, wir haben diese

Quiz-Wettbewerbe alle schon mal gemacht. Charly nicht."

Die Küchentür schwang auf, und Rolo rauschte herein. Ich war so beschäftigt damit, nicht loszuheulen, dass ich nicht groß darauf achtete, als er knurrend unter einem Stuhl verschwand. Blinzelnd konzentrierte ich mich darauf, die letzte von Nathans Fragen zu korrigieren – zwanzig Richtige von zwanzig. Als ich auf die anderen Bögen spähte, sah ich, dass Rebecca zwei falsch hatte und Bilal eine. Mein Ergebnis war eine vorwurfsvolle Elf, die mit hässlichem rotem Füller in Rebeccas Hand auf das Papier geschrieben war.

„Ich schätze, ich hab noch viel zu tun", gab ich zu und hoffte, dass meine Stimme nicht so **zittrig** klang, wie ich mich fühlte. Für ein **sogenanntes Genie** fühlte ich mich nicht sehr klug.

„Auf was kaut dein Hund denn da herum?" Rebecca betrachtete Rolo stirnrunzelnd, der halb unter dem Stuhl versteckt war und mit großem Enthusiasmus an etwas Pink-Weißem zerrte und nagte. Angeekelt zog sie die Nase kraus. „Ist das ... ein **Schlüpfer**?"

Die Scham, die ich bei meinem schlechten Ergebnis empfunden hatte, verpuffte augenblicklich, als ein neuer Schrecken sich breitmachte. Ich traute mich fast nicht hinzusehen. Ich bückte mich zu Rolo und versuchte, ihm was auch immer aus dem Maul zu reißen, aber er dachte, ich wollte spielen, und sprang schwanzwedelnd davon. Sein neuestes **„Spielzeug"** baumelte aus seiner Schnauze.

„Nein, Rolo", stöhnte ich und griff nach ihm. Er machte einen Satz hach hinten und ließ ein spielerisches Knurren hören. Jetzt konnte ich eine Beinöffnung sehen und wusste ohne Zweifel, dass er eine Unterhose erwischt hatte. „Aus!"

Er schüttelte den Kopf und stolzierte mit seiner Beute auf und ab. Ich verlor die Geduld. „Rolo Bond, aus, aber sofort!", bellte ich.

Mit einem Winseln legte er die Ohren flach an den Kopf und ließ den Schlüpfer fallen. Und mir wurde klar, dass ich mir die Sache nicht gründlich genug überlegt hatte, als das Ding direkt neben Nathans Fuß landete. Wie in Zeitlupe beobachtete ich, dass Nathan seine Hand ausstreckte und ihn aufhob. Dann erblickte ich den **wahren Horror:** Es war nicht bloß irgendeine alte Unterhose – es war meine. Und sie hatte eine Fee auf der Vorderseite.

Der beste Freund des Menschen? Eher **der schlimmste Albtraum jedes Mädchens.**

Charlys Fakten-Sammelsurium

* Die Wahrscheinlichkeit, von einem Hund getötet zu werden, beträgt 1 zu 700.000 – ich glaube, sie ist viel höher, wenn man mit Rolo zusammenlebt, weil man da einfach vor Scham sterben könnte ...

* Elvis Presley hat nie ein Konzert im Vereinigten Königreich gegeben. Keine Sorge, mein Vater macht das wieder gut.

* Krokodile können ihre Zunge nicht rausstrecken – nehme an, sie können also auch nicht ihre Ellenbogen lecken. Hab doch gesagt, dass das ein besonderes Talent ist.

* Schmetterlinge schmecken mit ihren Füßen.

* Wissenschaftler glauben, je klüger man ist, desto mehr träumt man. Das erklärt, warum ich so viele komische Träume habe.

* Dein Daumen hat die gleiche Länge wie deine Nase – probiere das nicht zu Hause aus! Habe mich aus Versehen ins Auge gestochen, als ich es überprüfen wollte.

* Ameisen strecken sich, wenn sie morgens wach werden.

* In North Carolina ist es gegen das Gesetz, falsch zu singen – ich wünschte, das wäre in Windsor auch so, dann würden die **Wolfsbrüder** verhaftet.

* Wales hielt mal den Rekord für die meisten Leute, die sich zu einem bestimmten Zeitpunkt als Schlumpf verkleideten. WAS zum ...?!

KAPITEL 13

Es ist mal wieder so weit: Sonntagabend. Als wir in der Grundschule waren, schienen die Ferien ewig zu dauern. Jetzt, wo wir auf St. Jude's sind, ist die Woche Trimesterferien wie im Flug vergangen. Ich frage mich, ob es zu spät ist, zum Geheimdienst zu gehen, damit ich auf eine **Undercover-Mission** geschickt werde und nie wieder zur Schule muss. Egal, wie oft ich die **Schlüpferkatastrophe** auch im Kopf wieder abspule, es wird nicht besser, und ich kann den Gedanken nicht ertragen, Nathan, Rebecca und Bilal morgen in der Schule zu begegnen. Es ist wie damals, als ich dachte, Mum würde meine Haare ganz abschneiden, außer dass es nichts Gutes daran gibt, **Feenunterwäsche** zu haben.

Obendrein spricht Molly immer noch nicht mit uns. Ich habe die ganze Geschichte schließlich Mum erzählt, als sie herausgefunden hat, dass nur Sina und ich an Halloween um die Häuser ziehen wollten. Sie wurde ganz ärgerlich und meinte, ich sollte **mehr Größe** zeigen und einlenken. Aber als ich Molly simste, hat sie es ignoriert, dabei weiß ich, dass sie die Nachricht bekommen hat. Ich war mir nicht sicher, was ich dann tun sollte. Musste ich jetzt größer und größer werden, bis sie mich einfach nicht mehr ignorieren konnte? Sina und ich verkleideten uns trotzdem als **Hippogreif** und zogen ohne sie los.

Wir machten das Beste draus, aber ohne Molly in ihrem **Hermine**-Kostüm war es nicht das Gleiche. Niemand wusste, was wir sein sollten, und eine Frau dachte, wir seien **Gonzo** aus der **Muppet Show**. Und obwohl wir eine Menge kicherten, hatte keine von uns das hysterische Vor-Lachen-keine-Luft-bekommen-Gefühl, das wir sonst haben. Aber wir haben einen Pakt geschlossen: Wenn wir uns jemals wieder mit Molly vertragen und sie uns danach fragt, dann hatten wir den **besten Abend aller Zeiten**. Auch wenn ich die meiste Zeit damit verbrachte, mein Gesicht an den Rücken von Sina zu quetschen.

Als ob es nicht reicht, dass ich mir schon so einen **riesigen Kopf** wegen Molly mache, mache ich mir auch noch Sorgen über meinen Auftritt beim Quiz. Ich bin ganz offensichtlich nicht so klug wie die anderen, obwohl ich jeden Abend wirklich lange aufgeblieben bin, um Wikipedia zu lesen, und alles Mögliche gelernt habe. Wer weiß schon, dass Seepferdchen gleichzeitig nach vorn und nach hinten gucken können? Aber was, wenn ich eine entscheidende Frage falsch beantworte und alles verderbe? Dann werde ich das Mädchen mit dem schlüpferkauenden Hund sein, das ihre Chancen ruiniert hat, in die nächste Runde zu kommen. Darüber würde ich nie hinwegkommen.

Vielleicht sage ich Mr Bearman, dass ich das Team verlasse. Damit schlage ich zwei meiner Sorgen mit einer Klappe. Bei Molly hilft mir das nicht weiter, aber ich weiß nicht, was ich sonst noch wegen ihr machen soll. Jetzt ist sie am Zug.

Am Montagmorgen hustete und hustete ich, bis ich dachte, ich würde mich tatsächlich übergeben, aber Mum **weigerte** sich immer noch zu glauben, dass ich **Malaria** habe. Sie hat nur die Augen verdreht und gesagt, ich soll mich ins Auto setzen. Ehrlich, was muss ich tun, um den Tag freizukriegen?

Bis zur Mittagspause habe ich es geschafft, ohne irgendjemanden vom Quiz-Team zu treffen. Aber dann verließ mich das Glück, als ich Nathan in der Schulkantine über den Weg lief. Genauer gesagt: **In** den Weg!

Nathan hat sich tausendmal entschuldigt. „Es tut mir wirklich leid, Charly", sagte er, als ich Auberginenstücke von meinem Bein pickte und auf meinen leeren Teller warf. „Ich hätte aufpassen müssen, wo ich hingehe."

„Nein, es war mein Fehler." Ich seufzte und tupfte auf den orangefarbenen Fleck, der sich auf meiner Bluse ausbreitete. Sein Teller war schon leer gewesen, und er hatte nichts abbekommen.

So was von typisch. Das war das Schicksal meines Lebens.

„Hattest du schöne Ferien? Nachdem … nachdem Rolo …“ Er redete nicht weiter.

„Es war eine alte Unterhose, weißt du? Ich hatte sie schon jahrelang nicht mehr an“, verteidigte ich mich. Es gab ein unangenehmes Schweigen, während ich meinen Hang zur **Offenherzigkeit** verfluchte. Dann tat ich, was ich immer tue, wenn ein gähnender Abgrund in einer Unterhaltung droht: Ich versuche, ihn zu füllen. „Wusstest du, dass es in Belgien ein Museum für Erdbeeren gibt?“

Nathan lächelte. „Das wusste ich nicht. Hast du dein Allgemeinwissen aufgebessert, oder sind Erdbeeren eine Leidenschaft von dir?“

Ich lächelte zurück in der Hoffnung, dass sich meine brennenden Wangen abkühlen würden. „Aufgebessert. Ich will das Team schließlich nicht enttäuschen.“

Sina zupfte an meinem Arm. „Charly ...“

Ich ignorierte sie. Nathan sah erfreut aus, dass ich für das Team hart gearbeitet hatte. „Gut.“ Er nickte zu meiner Bluse hinüber und fügte hinzu: „Ich bin kein Experte, aber ich glaube nicht, dass du das wieder rausbekommst.“

Er hatte recht – die Bluse sah schrecklich aus und war garantiert nicht mehr zu retten. Ich musste mein Sport-Shirt anziehen und hoffen, dass keiner der Lehrer etwas merkte.

„Charly!“, sagte Sina eindringlich und griff nach meinem Arm.

Ihr Blick glitt hinunter zu meiner Bluse, und sie hob die Augenbrauen, als wolle sie mir etwas mitteilen. Ich ignorierte sie wieder. Dachte sie etwa im Ernst, ich **wüsste** nicht, dass auf meiner Bluse ein großer fettiger Fleck in einem See aus Wasser schwamm?

Dann kapierte ich, was Sina meinte. Durch den durchnässten Stoff meiner Bluse wurde langsam das kleine, aber perfekte Bild einer kitschigen rosa **Fee** sichtbar. Warum hatte ich dieses dämlich Unterhemd nur angezogen? Warum??? Ich tupfte vorsichtig auf dem Fleck herum in der Hoffnung, dass Nathan es nicht bemerkte.

„Also, es war schön, sich mit dir zu unterhalten und so, aber ich muss jetzt wirklich gehen", plapperte ich, bedeckte das Lächeln der Fee mit meinem Arm und wich zurück. „Bis später dann."

„Warte!", rief er, aber ich hastete davon, in Sicherheit. Das war knapp gewesen. Sobald ich zu Hause war, würde diese Fee **Geschichte** sein.

St. Jude's Akademie
Churchbell Avenue, Windsor, SL4 8QP

Sehr geehrte Mrs Bond,
sehr geehrter Mr Bond,

ich schreibe Ihnen, um Sie zu einem Treffen am Mittwoch um 15:35 Uhr einzuladen, um Charlys weitere Ausbildung zu besprechen.
Es ist ziemlich dringend. Wenn Ihnen also dieser Tag und die Zeit nicht passen, setzen Sie sich bitte mit der Schule in Verbindung, um so bald wie möglich einen neuen Termin zu vereinbaren.

Vielen Dank

Mr P. Archer
Stufenleiter der siebten Klassen

???

KAPITEL 14

Wir sind erst zwei Tage aus den Trimesterferien zurück, und **schon** wurden meine Eltern zu **einem weiteren Termin** mit Mr Archer bestellt. Ich habe keine Ahnung, worum es geht, außer es hat was mit der Molly-Situation zu tun, aber warum sollte Mr Archer sich da einmischen? Sina meint, ich wurde bestimmt für einen Preis für gescheite Personen nominiert oder so was. Ich nehme an, dass sie recht hat, aber ich glaube nicht, dass ich den durch irgendwas verdient hätte. Ich meine, ich habe es mal in Naturwissenschaften hingekriegt, dass mein Kupfersulfat blau geworden ist, aber ich schätze nicht, dass sie dafür den Nobelpreis verleihen, oder? Erst recht nicht, wenn jeder andere in der Klasse das auch hingekriegt hat.

Um ehrlich zu sein, bin ich erstaunt, dass er Mum nach dem letzten Besuch noch mal in seinem Büro haben will. Sie ist jetzt noch dicker, und ich bin ziemlich sicher, dass der Boden **bebt**, wenn sie läuft. Aber wahrscheinlich hat er keine Wahl. Ich hoffe, diese Treffen werden nicht zur Gewohnheit. Von allem anderen mal abgesehen, hat Liam angefangen, mich jetzt **Streberin** zu nennen. Er ist nur neidisch, weil bei seinen Treffen mit der Schule immer die Wörter „letzte Warnung" fallen.

Wenn ich zu dem Treffen gehe, bedeutet das

wenigstens, dass ich nicht zusehen muss, wie Molly allein nach Hause läuft. Gestern ist ein winziges bisschen Mitleid durch meine Mauer aus Wut geschlüpft, und ich habe wieder versucht, ihr zu simsen, aber sie hat es ignoriert. Ehrlich, sie ist die dickköpfigste Person, die ich kenne. Sie versucht, es nicht zu zeigen, aber ich wette, sie ist einsam. Ich wünschte, sie würde ihren Stolz überwinden und wieder unsere Freundin sein. Es ist **schrecklich**, sie als Feindin zu haben.

Ich kann es nicht fassen. Bei dem Treffen mit Mr Archer ging es nicht um eine besondere Auszeichnung oder irgendwas, was auch nur halb so gut gewesen wäre. Es hat sich herausgestellt, dass die **KAT**-Papiere durcheinandergeraten sind und mein Ergebnis mit dem von der **anderen** C Bond vertauscht wurde. Sie ist also das

Superhirn, und ich bin wieder **Miss Durchschnitt**. Ihr Name ist wohl Clarissa, was noch schlimmer ist als meiner. Fast könnte sie mir leidtun, wenn sie nicht das Einzige gestohlen hätte, auf das ich jemals stolz gewesen bin. Mr Archer hat sich tausendmal entschuldigt und sagt, so etwas ist noch nie passiert. Er hat mit den anderen Lehrern gesprochen, und sie sind sich einig, dass ich bis zum Ende des Trimesters auf der Liste für das **Begabtenförderungsprogramm** bleiben kann, um es nicht so offensichtlich zu machen, dass ich doch kein **Superhirn** bin. Aber wen interessiert das schon? Das Schlimmste ist, dass ich mit meinen richtigen Ergebnissen glücklich gewesen wäre, bevor ich dachte, dass ich intelligent bin. Jetzt fühle ich mich einfach nur dumm.

Wenigstens muss ich mir jetzt keine Gedanken mehr darüber machen, aus dem Quiz-Team auszutreten. Ich nehme an, Mr Bearman hat mich schon durch Clarissa ersetzt. Also muss ich Nathan nichts erklären, was ein Vorteil ist.

Mum und Dad haben versucht, mich aufzumuntern, indem sie gesagt haben, dass **Grips** nicht alles ist. Das war nett von ihnen, aber es hat nicht gerade geholfen. Wem wollen sie auch etwas vormachen? Ich bin klug gewesen, und ich bin gewöhnlich gewesen. Und ich weiß, was ich selbst besser fand. Und Liam wird alle möglichen Witze reißen. Oh Gott. Rebecca wird total arrogant sein.

Warum konnte das nicht passieren, bevor ich stundenlang abgefahrene Tatsachen recherchiert habe?

An: BondGirl007
Von: Mitgliedschaft@Schlaumeier

Liebe Miss Bond,

danke für Ihre E-Mail bezüglich der Mitgliedschaft bei den Schlaumeiern. Ich bedaure, von der unglücklichen Verwechslung in der Schule zu hören, obwohl ich denke, dass der Ausdruck „Identitätsdiebstahl“ ein bisschen übertrieben ist.
Wie Sie vielleicht schon wissen, sind die Schlaumeier eine Gesellschaft für hohen IQ, die Mitglieder aufnimmt, deren IQ in den obersten zwei Prozent der Bevölkerung liegt. Wir würden uns freuen, Sie als Mitglied aufzunehmen, wenn Sie belegen können, dass Ihr IQ unseren Anforderungen entspricht. Leider erlauben unsere gegenwärtigen Regeln jedoch nicht, dass ein Kreuzworträtsel aus einem Modemagazin als

Nachweis für Ihre Intelligenz ausreicht, selbst wenn es vollständig ist.
Es gibt einen Heimtest, den Sie machen können, wenn Sie eine Vorstellung von Ihrem Intelligenzniveau bekommen möchten. Ich schicke Ihnen gern eine Kopie zu. Um Ihre Anfrage zu beantworten: Ich glaube nicht, dass er Fragen über Katzen beinhaltet.

Mit freundlichen Grüßen

Bharti Ahmed
Schlaumeier Mitgliedschaftsassistent

KAPITEL 15

Das Chaos meiner Existenz geht weiter. Ich habe heute Morgen nicht mal versucht, Mum zu überzeugen, dass ich krank bin, so deprimiert bin ich. Der Witz ist, dass es vielleicht tatsächlich mal funktioniert hätte. Sie weiß, dass ich Donnerstage normalerweise mag (Doppelstunde Englisch – **jippieh!**), und schien endlich mal besorgt um mich. Sie hat sogar versucht, meine Stirn zu fühlen, aber ich schlug ihre Hand weg. Was hat es für einen Sinn, mich heute vor der Schule zu drücken, wenn ich dafür **morgen** und **nächste Woche** und **übernächste Woche** hingehen muss?

Mr Bearman hat tatsächlich versucht, mich zu überzeugen, im Quiz-Team zu bleiben. Er sagte viele nette Sachen über **emotionale Intelligenz** und dass ich etwas **Einzigartiges** zu dem Team beisteuere, aber in Wirklichkeit ist ihm wahrscheinlich klar geworden, dass es nur noch vier Tage bis zum ersten Test im regionalen Ausscheidungskampf sind.

Vermutlich steht Clarissa Bond über so lächerlichen Dingen wie dem **Team St. Jude's** und hat das Angebot von einem Platz darin abgelehnt. Es war aber nicht schwer, Mr Bearmans Logik zu ignorieren: Ich stellte mir einfach vor, wie ich eine Frage nach der anderen falsch beantwortete, und das reichte, um mich nicht überreden zu lassen, im Team zu bleiben.

„Ich kann nicht behaupten, dass ich nicht enttäuscht wäre, Charly“, sagte Mr Bearman, als klar wurde, dass ich meine Meinung nicht ändern würde. „Ich finde, du hast das Team wirklich bereichert.“

„Ja, klar“, antwortete ich missmutig. „Ich bezweifle, dass das die anderen aus dem Team auch so sehen. Fragen Sie Rebecca, wenn Sie mir nicht glauben.“

Er seufzte. „Gibt es nichts, womit ich dich überzeugen kann?“

Außer die Uhr auf gestern zurückzudrehen, gab es nichts. „Nein.“

Er breitete die Hände aus und sah wirklich enttäuscht aus. „Dann müssen wir ohne dich klarkommen. Hoffentlich werden nicht irgendwelche Harry-Potter-Fragen gestellt, was?“

Charlys extrem geheimes Tagebuch

Gründe, warum ich das Leben hasse:

Blöde Molly.

Blöder Liam, der mich aufzieht.

Blöde Schule, die die Tests verwechselt und mir vorgegaukelt hat, dass ich jemand Besonderes bin.

Blöde Mum, die sich DIE GANZE ZEIT über blöde Rückenschmerzen beklagt.

Blöde Nachbarn, die sich darüber beschweren, dass Rolo ihre Katze jagt. Geschieht ihnen recht, wenn sie so eine blöde Katze haben.

Blöde Feen.

ALLES BLÖD.

Dad hat beschlossen, dass er mich am besten aufmuntern kann, indem er mir Elvis vorsingt. Das wäre allerdings wesentlich erfreulicher, wenn er nicht **„Heartbreak Hotel“** in gefühlter Endlosschleife wiederholen würde. Er sagt, ich habe es geliebt, als ich ein Baby war. Ich weiß nicht, ob er es bemerkt hat, aber ich bin kein Baby mehr, und der Liedtext ist superdeprimierend.

Liams Reaktion war mal wieder typisch schadenfroh. Zuerst hat er damit geprahlt, dass er mehr Freunde hat als ich (schätze mal, er meint damit, dass er mir Molly weggenommen hat). Und dann behauptete er auch noch, dass er nicht nur das meiste Talent, sondern auch den meisten Grips in der Familie besitzen würde. Nur weil er mich letztes Jahr zu Weihnachten bei Trivial Pursuit geschlagen hat. Das würde mir ja gar nichts ausmachen, aber er hat nur gewonnen, weil er **geschummelt** hat! Glaub mir, noch nie hat jemand gesagt, dass er intelligent ist. Was sein Talent betrifft ... ha, er ist nicht mal richtig gut auf seiner Gitarre. Und bei **Guitar Hero** habe ich eine höhere Punktzahl als er. Eines Tages könnte ich ihn daran erinnern.

„Hast du eine Minute, Charly?"

Nathan lächelte nicht. Er stand vor meinem Tisch, als nach der Englischstunde die Schulglocke klingelte und das lang ersehnte Ende vom Freitagsunterricht einläutete. Würde er beleidigt sein, wenn ich über den Tisch sprang, um ihm aus dem Weg zu gehen? Sina schnitt eine mitleidige Grimasse, aber wir wussten beide, dass es keine Möglichkeit gab, diesem Endkampf zu entkommen.

„Klar", antwortete ich und versuchte, lässig zu klingen. „Was kann ich für dich tun?"

„Nicht hier", sagte er. „Ich dachte, ich könnte ja ... äh ... vielleicht mit dir nach Hause gehen oder so."

Ich bemerkte, wie sich Molly am nächsten Tisch abmühte, uns zu belauschen, während sie ihre Tasche packte. Wenn sie sich noch ein bisschen auffälliger verhalten hätte, hätten ihre Ohren **gewackelt**. Vorn in der Klasse verdiente sich Mr Bearman auch nicht gerade einen Preis für Geschicklichkeit. Er guckte ständig rüber, und ich nahm an, dass er Nathan gebeten hatte, mit mir zu reden.

Ich stieß einen tiefen Seufzer aus. „Okay. Bis morgen, Sina."

Sie verstand die Botschaft und nickte. Bevor sie die Klasse verließ, machte sie mit den Fingern ein **„Ruf an"**-Zeichen. Nathan

wartete, bis ich meine Sachen zusammengepackt hatte, was ich so langsam wie möglich tat, einfach nur um zu sehen, was Molly machte. Sie **starb** ganz offensichtlich vor **Neugier**, denn sie wurde ebenfalls langsamer, aber schließlich war auf dem Tisch vor ihr nichts mehr übrig, und sie musste ihre Niederlage eingestehen und gehen. Ich wusste, dass sie den ganzen Heimweg über vor uns herumtrödeln würde, in der Hoffnung herauszufinden, was passierte.

Nathan verlor keine Zeit und kam auf den Punkt, sobald wir das Schulgelände verließen.

„Mr Bearman sagt, du bist aus dem Quiz-Team ausgetreten."

Ich zog mir den Schal vor den Mund und versuchte, nicht darauf zu achten, dass meine Beine zu Eis geworden waren. Ehrlich, **warum** dürfen Mädchen auf St. Jude's keine Hosen tragen?

Vor uns sah ich Molly und wurde ein bisschen langsamer. „Ja, es tut mir leid, aber ich kann das einfach nicht."

„Aber warum? Ich fand dich toll", sagte Nathan.

Ich verdrehte die Augen. „Mr Bearman hat dir das aufgetragen, nicht wahr?"

Nathan zuckte die Schultern. „Wir haben ein Riesenloch in unserem Team-Wissen. Rebecca und Bilal sind ganz ordentlich bei den wissenschaftlichen Fragen, aber bei Sachen wie Chart-Musik und Fernsehen sind sie grottenschlecht, und das hat uns schon mal den Hals gebrochen." Er drehte sich zu mir. „Da kommst du ins Spiel."

Ich blinzelte. „Wie meinst du das?"

„Molly hat mir erzählt, dass du die **Königin der Popkultur** bist",

sagte er grinsend. „Sie sagte, was du nicht über Boybands weißt, das lohnt sich nicht zu wissen."

Einen Augenblick lang war ich verwirrt. Dann erinnerte ich mich daran, dass Nathan und Molly alte Freunde waren, und der Groschen fiel – plötzlich machte das ganze Zeug Sinn, das Mr Bearman über meinen einzigartigen Beitrag zum Team gesagt hatte. „Also wurde ich nicht wegen meines KAT-Ergebnisses ausgewählt?"

„Nee", sagte er und warf mir einen neugierigen Blick zu. „Warum, war es gut?"

Die Tatsache, dass er nicht mal etwas von dem blöden **KAT** gewusst hatte, änderte alles, und ich fühlte mich nicht mehr so dumm. „Also habt ihr Clarissa Bond nicht gefragt, ob sie meinen Platz einnehmen will?"

Er schaute mich interessiert an. „Bis jetzt

noch nicht. Warum, weiß sie mehr über **The Droids** als du?“

Ich schnaubte. „Das bezweifle ich. Niemand weiß mehr über sie als ich.“

Wir erreichten den Vorgarten von meinem Haus. Nathan blieb stehen. „Dann bist du die einzige Bond für den Job. Was meinst du? Lust, ein paar Royal Windsors nächste Woche in den Hintern zu treten?“

Während ich so tat, als würde ich darüber nachdenken, starrte ich Molly an, die ein paar Häuser weiter lief. Ich war gerührt, dass sie bei Nathan ein gutes Wort für mich eingelegt hatte. Aber das war mal wieder typisch Molly – in der Grundschule hatte sie sich immer um Sina und mich gekümmert. Es erinnerte mich daran, was für eine tolle Freundin sie war und wie sehr ich sie eigentlich vermisste. Vielleicht sollte ich noch viel

mehr versuchen, die Dinge wieder hinzubiegen.
„Na schön."

„Gut." Nathan klang zufrieden. „Denn ich bin mir nicht sicher, ob Rebecca **Ziggy** und **Rory** überhaupt erkennen würde, wenn sie auf der Straße an ihr vorbeilaufen."

Ich grinste und stieß das Tor auf. „Klar." Ein Jaulen und ohrenbetäubendes Gebell hallte von hinten um das Haus herum. Ich zuckte zusammen. „Ich geh wohl besser rein. Das klingt nach Rolo, und wer weiß, was er dieses Mal anstellt."

Nathan lachte. „Kein Problem."

Er winkte und lief die Straße hinunter. Ein kleines Grinsen schlich sich auf mein Gesicht, als ich hineinging, um nachzusehen, was mein Hund im Schilde führte. Ich war wieder im Team, und dieses Mal fühlte es sich so an, als ob ich dazugehörte. Plötzlich war ich guter Dinge.

An: BondGirl007
Von: NPellow

Sehr geehrte Miss Bond,

vielen Dank für Ihr Interesse, an Junior-Superhirn teilzunehmen. Im Moment gibt es keine Pläne für eine weitere Staffel der Quizshow, aber wir werden Ihre Angaben in unseren Akten behalten für den Fall, dass sich eine Änderung ergibt. Ich kann Ihnen hiermit bestätigen, dass Spezialgebiete wie The Droids oder SpongeBob Schwammkopf gleichermaßen zulässig wären. „Die vielen Geschmacksrichtungen von Pralinen" allerdings nicht.

Hochachtungsvoll

N. Pellow
BBC Light Entertainment

KAPITEL 16

Wieder mal Montag, aber dieser könnte nicht anders sein als der letzte. Außer der Schwerstarbeit für das Quiz nächste Woche geht es jetzt auch noch mit den Vorbereitungen für **St. Jude's hat Talent** richtig los. Da es nur noch drei Wochen sind, bis die Liveacts in einer Nachmittagsshow auftreten, hat die Jury Proben angeordnet, und sie sichten die Darsteller, damit nur die Besten durchkommen. Ein Teil von mir wünscht sich, dass **Wolfsbrüder** früh aussortiert werden – das würde Liam den Mund stopfen und ihn davon abhalten, so viel herumzuprotzen. Ich bin echt froh, dass ich schließlich doch nicht teilgenommen habe – aufzutreten ist **furchtbar**. Ich drücke alles Mögliche, damit Mollys Vorsingen gut ausgeht. Nach allem, was sie bei Nathan für mich getan hat, sollte ich sie wenigstens anfeuern. Außerdem habe ich beschlossen, dass Sina und ich diesen Streit beenden werden, sobald die Regionalwettbewerbe des Quiz-Teams vorbei sind. Selbst wenn eine von uns sich auf Molly draufsetzen muss, damit sie zuhört.

Wo ich schon über den Regionalwettbewerb spreche … ich werde immer nervöser deswegen. Ich habe das ganze Wochenende lang wiederholt, aber es ist schwer zu wissen, was man lernen soll. Ich habe Mums **Jane-Eyre**-DVD in meinen Harry-Potter-Marathon eingeschoben, für den

Fall, dass es auch irgendwelche Fragen über die Klassiker gibt, aber der Film hat sich ewig in die Länge gezogen. Er könnte ein paar **Zombies** gebrauchen, das hätte ihn mal richtig aufgepeppt. Egal, ich bin so langsam froh, dass ich doch kein **Superhirn** bin. Es scheint, dass man dann mit einer Menge solcher Dinge zu tun hat, und ich bin nicht sicher, ob ich wirklich für intensives Lernen geschaffen bin.

Rebecca und Bilal schienen sich zu freuen, als ich an dem Nachmittag beim Kleinbus der Schule auftauchte, um zur **Royal-Windsor-Schule** zu fahren. Das leuchtet mir schon irgendwie ein. Ohne mich wären sie ein Spieler weniger gewesen als die anderen Teams.

Als wir ankamen, war mir ganz schlecht vor

Aufregung. Nathan sah aus, als hätte er **Eis** anstatt **Blut**, so **entspannt** war er, und die anderen wirkten auch kaum besorgt. Aber sie hatten so was auch alle schon mal gemacht. Nur ich war neu. Wahrscheinlich wäre es noch komischer gewesen, wenn ich nicht nervös gewesen wäre.

Wir wurden in eine große, holzvertäfelte Halle geführt, die zur Hälfte mit Tischen gefüllt war, an denen bereits die anderen Teams saßen. Lautes Geschnatter erfüllte die Luft, und an der Wand hing ein riesiges, ernstes Bild von der Königin. Vorn in der Halle war ein gigantischer Bildschirm aufgebaut, bei dessen Anblick ich mir fast Popcorn gewünscht hätte. Aber nur fast. Mr Bearman fand unseren Tisch, und wir setzten uns auf die Stühle. Er schaute auf die Uhr.

„Sie fangen bald an." Er klopfte Nathan auf die Schulter. Dann nickte er zu den Stühlen hinüber, die am Rand der Halle aufgestellt waren. „Ich sitze da drüben mit den anderen Lehrern. Viel Glück, Team SJ!"

„Da ist das Royal-Windsor-Pack", sagte Nathan und zeigte auf eine Gruppe Jugendlicher in weinroten Blazern, die ein paar Tische weiter saßen. „Sie haben uns jedes Mal geschlagen, wenn wir für unsere alte Schule gegen sie angetreten sind."

Ich drückte die Daumen und hoffte, sein Glaube in mich war kein Fehler, während ein Mann in einer bunten Weste und mit einem Mikrofon in der Hand in die Halle kam.

„Willkommen zum regionalen Ausscheidungskampf beim diesjährigen **Kinderquiz!**", rief er aus. „Mein Name ist Winston Jacobs. Seid ihr bereit, eure Gehirne zu **kitzeln** und euer Gedächtnis **auf die Probe** zu stellen?"

Jeder Tisch jubelte als Antwort.

„Dann fangen wir an!“, sagte er. „Vergesst nicht, eure Handys auszuschalten. Jeder, der dabei erwischt wird, wie er eins benutzt, wird unverzüglich aus der Halle verwiesen!“

Der Raum war mit Geraschel erfüllt, als hundert Telefone ausgestellt wurden. Winston nickte zufrieden. „Ausgezeichnet. Dann: Stifte gezückt, Gehirnzellen angeschaltet! Wir fangen an mit Runde eins: **Es ist so natürlich**.“

Er las eine Frage nach der anderen vor, die alle über Naturkunde waren. Nach jeder Frage brach an jedem Tisch heftiges Flüstern aus. Rebecca hatte die Aufgabe, unsere Antworten auf unser Blatt zu schreiben. Oh Mann, nahm sie das ernst. Sie steckte die Zunge raus, während sie schrieb, und runzelte so stark die Stirn, dass es wehtun musste.

Nathan bemerkte meine hochgezogenen Augenbrauen. „Wenn die Quizauswerter unsere Antworten nicht lesen können, geben sie uns keine Punkte“, murmelte er. „Deshalb haben wir einmal den Junior-Titel verloren.“

Jetzt war Rebeccas Konzentration verständlicher. Das hier war Bilals Spezialrunde, ich musste also keine Antworten beisteuern, aber ich war erstaunt, als ich merkte, dass ich einige wusste. Vielleicht hatte mir die ganze Lernerei doch gutgetan.

Unsere Antwortzettel wurden eingesammelt, und Winston begann mit Runde zwei, in der es um Sport ging. Ich wusste keine einzige Antwort und wünschte, ich könnte eine Freundin anrufen. Sina ist **verrückt nach Fußball** und wüsste ganz bestimmt, welche Mannschaft den FA-Cup im Jahr 2008 gewonnen hat. Wie sich herausstellte, verstand Nathan ziemlich viel von Sport, also schnitten wir ganz gut ab.

Runde um Runde verging. Die Spielstände wurden auf dem Bildschirm angezeigt, und schon bald wurde klar, dass sich ein paar Schulen an die Spitze setzten. Wir gegen die Royal Windsor! Ich ertappte ein Mädchen dabei, wie es uns finster anstarrte, und lächelte zuckersüß zurück. Während die Runden verstrichen, wurde der Raum von gedämpftem Geflüster und fiebrigem Gekritzel erfüllt. Obwohl Nathan sein Bestes tat, um mich einzubeziehen, und ich ein paar Antworten beisteuerte, kam ich mir nicht wirklich nützlich vor, bis Winston die vorletzte Runde ankündigte.

„Jetzt wird euer Wissen in allen trivialen Dingen getestet", rief er. „**Pop, Klatsch und Tratsch** ist die perfekte Runde für alle, die den Klatschkolumnen folgen."

Ich unterdrückte den Drang, mit der Faust in die Luft zu boxen. „Jawoll!“, zischte ich und grinste die anderen an. „Das ist meine Runde.“

Es war, als hätte jemand in meinen Kopf geguckt und die **perfekten** Fragen für mich zusammengestellt. Welche Promis haben ihr Baby vor Kurzem Honey Cheeks genannt? Welcher Künstler hat letztes Jahr die meisten Alben verkauft? Wer hat sich geweigert, den Oscar für die Beste Darstellerin zu präsentieren, bis man ihm/ihr eine Leckerli-Tasche von Tiffany's für den Chihuahua versprach?

Am Ende der Runde wusste ich, dass ich alle zehn Fragen geschafft hatte. Strahlend fing ich Nathans Blick auf.

„Royal Windsor sieht nicht so zufrieden aus wie vorher“, sagte er und grinste zurück.

Ich hielt die Luft an, als die Punkte aktualisiert wurden. Wir hatten die ganze Zeit Kopf an Kopf mit den Gastgebern gelegen, aber in der letzten Runde waren wir zwei Punkte zurückgefallen, und Royal Windsor lag vorn. Wie ich gehofft hatte, hatten wir jede Frage zur Popkultur richtig beantwortet. Wenn Royal Windsor jetzt nicht mit uns gleichzog, hatten wir eine Chance auf die Führung.

„An der Spitze wird es eng", verkündete Winston, als der Bildschirm flackerte und sich neu aufbaute. „Aber dank einer rasanten Leistung in der letzten Runde hat St. Jude's aufgeholt und liegt jetzt mit Royal Windsor auf dem ersten Platz!"

Ich konnte nicht anders, ich musste vor **Aufregung** laut **quieken**. Die letzte Runde würde alles entscheiden – Literatur. Eine plötzliche Welle der

Angst spülte meine vorherige Begeisterung über unseren perfekten Punktestand davon. Die Royal Windsors sahen aus wie ein Haufen Bücherwürmer. Sie mussten in dieser Runde gut sein. Die Frage war: Konnten wir mithalten?

Wir waren gut – bis zur letzten Frage. Da passierte genau das, was ich befürchtet hatte: Rebecca und ich waren uns nicht einig.

„Frage zehn: Notiert den vollen Namen von Professor Dumbledore, dem Schulleiter von Hogwarts, in der richtigen Reihenfolge." Winston schaute mit prüfendem Blick und ernsthaftem Gesichtsausdruck durch den Raum. „Und da der Punktestand so knapp ist, muss die Reihenfolge ganz genau richtig sein, um den Punkt zu erhalten."

Ohne auch nur ein einziges Wort zu verlieren, beugte Rebecca ihren Kopf und begann, die Antwort aufzuschreiben.

„Warte", protestierte ich. „Willst du uns nicht fragen?"

Sie sah nicht auf. „Nein, wieso denn? Ich weiß die Antwort."

Ich reckte den Hals und versuchte zu lesen, was sie aufschrieb. „Ich auch. Und du hast einen Fehler gemacht. Es ist Albus Percival Wulfric Brian Dumbledore. Du hast Brian an die falsche Stelle gesetzt."

Rebecca ließ ihren Stift sinken. „Nein, der volle Name von Professor Dumbledore ist Albus Percival Brian Wulfric, in der Reihenfolge."

Ich verschränkte meine Arme und hielt ihrem Blick stand. „Wetten?"

Nathan schaute von Rebecca zu mir.

„Sie sammeln die Fragen ein. Wir müssen uns jetzt entscheiden."

„Ich versichere dir, ich habe recht", beharrte ich und wollte ihn überzeugen, mir zu vertrauen.

Er zögerte. „Okay, stimmen wir ab. Wer glaubt, es ist Percival Brian?"

Wie vorherzusehen, hoben Bilal und Rebecca ihre Hände.

„Was bedeutet, Charly und ich glauben, dass Wulfric nach Percival kommt." Nathan dachte einen Moment nach, dann schloss er die Augen. „Ich hoffe, du hast recht, Charly. Schreib Albus Percival Wulfric Brian."

Eine Sekunde lang dachte ich, dass Rebecca sich weigern würde, aber dann nahm sie ihren Stift und änderte es. Bevor noch einer von uns etwas sagen konnte, wurde der Zettel vom Tisch gerissen und zu den Auswertern gebracht.

Sofort begann es in meinem Bauch zu rumoren. Was, wenn ich falschlag? Hatten wir gerade wegen mir das Quiz verloren? Ein Blick auf die Gesichter meiner Team-Kollegen sagte mir, dass sie sich das Gleiche fragten.

Es dauerte eine gefühlte **Ewigkeit**, bis alle Punkte aktualisiert worden waren. Trotzdem änderte sich der Bildschirm nicht. Stattdessen stand Winston auf und bat mit ausgestreckten Händen um Ruhe.

„Jetzt kommt der Moment, auf den ihr alle gewartet habt – die Ergebnisse! Es war eine echte Zitterpartie, aber auf dem dritten Platz haben wir die Riverside Schule mit 88 Punkten!"

Applaus brandete auf, und Riverside ließ eine Salve von lauten Freudenschreien los.

Winston wartete, bis der Lärm sich gelegt hatte. „Auf dem zweiten Platz, mit großartigen

91 Punkten, ist …“ Er machte eine ewig lange Pause. „… die Royal-Windsor-Schule!“

Wir hatten es geschafft – **wir hatten gewonnen!** Wir alle vier sprangen auf, kreischten und jubelten. Ich spähte zu den Royal Windsors hinüber, die höflich klatschten. Sie sahen aus, als hätten sie gerade ein Gewinnerlos der Lotterie verloren.

„Und Gewinner des heutigen regionalen Ausscheidungswettbewerbs, mit erstaunlichen 92 von 100 Punkten, ist die St.-Jude's-Schule!“, beendete Winston seine Rede. „Herzlichen Glückwunsch, Team SJ!“

Mr Bearman kam mit einem stolzen Lächeln auf uns zu. Rebecca sah aus, als würde sie gleich losheulen, und auf Bilals Gesicht prangte das größte Lächeln überhaupt.

„Weißt du, was das bedeutet?“, fragte Nathan

und grinste mich an. „Wir haben in der letzten Runde die volle Punktzahl gekriegt. Du hattest recht.“

„Hatte gar keine Zweifel daran“, log ich.

Dann lehnte er sich zu mir rüber, und für eine atemberaubende Sekunde dachte ich, er würde mich umarmen. Aber im letzten Moment ließ er die Arme sinken. „Siehst du? Ich wusste, dass du unsere Geheimwaffe bist.“

Was soll ich sagen? Ich bin vielleicht nicht die klügste Schülerin unseres Jahrgangs, aber sie konnten sich auf mich verlassen, als es drauf ankam. Und glaub mir, das hat sich gut angefühlt. Richtig, richtig gut.

Charlys extrem geheimes Tagebuch

To-do-Liste

Das Kinderquiz gewinnen – GESCHAFFT!

Mich mit Molly wieder vertragen – es ist mir sogar egal, wer sich bei wem entschuldigt. Ich möchte einfach nur, dass unser Streit VORBEI ist.

Rolo so trainieren, dass er ein guter Hund wird. Einer, der nicht abhaut, wenn man ihn von der Leine lässt, sodass die Polizei ihn nach Hause bringen muss.

Herausfinden, ob Nathan mich mag – das ist so schwer. Manchmal glaube ich, dass er es tut, aber wie kann ich sicher sein? Wie kommt man überhaupt JEMALS mit jemandem zusammen?

Umwerfend berühmt werden – GESCHAFFT. Ein Hoch auf mich!

KAPITEL 17

Es ist so: Wenn man etwas Ungewöhnliches gemacht hat, wie zum Beispiel zum ersten Mal in der Schulgeschichte den regionalen Ausscheidungswettbewerb im Kinderquiz zu gewinnen, verbreitet sich die Neuigkeit rasend schnell. Besonders, wenn der Schulleiter das anfeuert, indem er in der Schulversammlung total emotional wird. Eine ganze Woche lang, nachdem das Team SJ den Sieg heimgetragen hatte, waren wir vier also Helden. Na gut, die älteren Jahrgänge waren nicht so beeindruckt, und ein paar dachten auch, wir wären **totale Streber**, aber der Rest der siebten Jahrgangsstufe fand uns **großartig**. Ich fragte mich, was passieren würde, wenn wir im nächsten Trimester das landesweite Quiz gewinnen würden – dann würden wir voll die Legenden sein. Na ja, zumindest Rebecca, Bilal und ich. Nathan ist ja schon eine. Habe ich schon erwähnt, wie sehr ich ihn **mag**?

Aber dann ließ die Begeisterung, dass wir das Quiz gewonnen hatten, nach, und das **St. Jude's hat Talent**-Fieber setzte ein. Leute, von denen ich niemals erwartet hätte, dass sie ihre 15 Minuten Ruhm haben wollten, kamen plötzlich mit allen möglichen fragwürdigen Talenten an, und anscheinend hatte sich der ganze Schulhof in einen Probenraum verwandelt. Ist es wirklich eine Begabung, die Nationalhymne mit der **Achsel zu furzen**? So langsam habe ich mehr Respekt vor Liam und seinen Kumpels von **Wolfsbrüder**. Verglichen mit ein paar anderen Aufführungen wirken sie wie Rock-Götter.

Das Vorsprechen dauert die ganze Woche lang, und die Finalisten werden am 28. November bekannt gegeben. Das heißt, ich muss noch weitere sieben Tage Liams Wutanfälle ertragen. Ehrlich, den Wartestress vertreibt er sich, indem er sich mit Mum einen Wettkampf im Miese-Laune-Haben liefert. Und falls **Wolfsbrüder** ins Finale kommen, wird es nur noch schlimmer. Vielleicht gehe ich sogar mit Dad zu seinen Elvis-Auftritten, um der Stimmung zu Hause zu entkommen. Und wenn das nicht zeigt, wie **verzweifelt** ich bin, dann weiß ich es auch nicht.

Es kommt mir vor, als wäre Mum schon immer schwanger gewesen. Ihr Bauch ist so dick, dass er Gefahr läuft, das Gravitationsfeld der Sonne zu verändern. Ich warte nur darauf, dass die NASA verkündet, alle Planeten hätten auf rätselhafte Weise angefangen, die Erde zu umkreisen. Sie kämpft jetzt wirklich damit, vom Fleck zu kommen, und bald passt sie nicht mehr hinter das Lenkrad vom Auto. Sie tut mir leid, wenn sie so herumwatschelt, und ich versuche, ihr ihre Verdrießlichkeit nicht übel zu nehmen. Wenn mein Bauch die Größe von einem riesengroßen **Hüpfball** hätte, wäre ich wahrscheinlich auch mürrisch. Jetzt hat sie auch noch dieses Karpaltunnelsyndrom in den Händen, was bedeutet, dass sie die Gläser mit den eingelegten Zwiebeln, die sie zu ihren Bananen isst, nicht aufbekommt.

Im Großen und Ganzen glaube ich aber, dass das

wahrscheinlich ganz gut so ist. Ich hoffe, die Zwillinge wissen zu schätzen, was sie für sie durchmacht. Ich bin sicher, dass ich nie so viele Schwierigkeiten gemacht habe.

Ich hatte immer noch keine Chance, mich mit Molly zu versöhnen. Sina und ich sind uns einig, dass es nett von ihr war, bei Nathan ein gutes Wort für mich einzulegen, und dass sie es heimlich gemacht hat, bevor wir uns zerstritten haben. Aber Sina hat auch keinen blassen Schimmer, wie wir unsere zerbrochene Freundschaft wieder kitten könnten. Es ist nicht gerade hilfreich, dass Molly immer noch Groupie Nummer eins von **Wolfsbrüder** ist. Vielleicht wird es einfacher, wenn **SJHT** erst mal vorbei ist und wir alle wieder Freundinnen sein können. Hoffe ich. Sina ist super, aber es ist nicht das Gleiche ohne Molly. Wir sind wie **Tick** und **Trick** ohne **Track**.

Die Liste der Finalisten ist auf der Schulhomepage online, und – **oh Gott, ich werd nicht mehr** – Mollys Name steht drauf! Genau wie **Wolfsbrüder**, aber das hatte ich schon irgendwie erwartet. Ich weiß, dass ich immer darüber meckere, wie schlecht Liam Gitarre spielt, aber ich nehme an, bei ihrer Version von **thrash-tastischem** Rock sind sie ziemlich gut, wenn man so etwas mag.

Ich kann nicht fassen, dass Molly vor der ganzen Schule singen muss. Sie hatte vom Vorsingen gesprochen, aber ich war nicht sicher, ob sie das wirklich durchziehen würde. Nathan sagt, sie habe zugegeben, dass sie wirklich Angst davor hat, vor allen aufzutreten. Da habe ich mich gefragt, ob sie ihm auch erzählt hat, warum wir zerstritten sind. Wahrscheinlich nicht. Das hätte die Lage für ihn wirklich schwierig gemacht. Auf jeden Fall wundert es mich nicht, dass sie wegen des Auftritts besorgt ist. Aber so wie ich Molly kenne, ist sie auch ganz versessen darauf, allen zu zeigen, was sie kann. Ich wünschte, ich könnte ihr sagen, wie sehr ich mich für sie freue. Ich beschränke mich darauf, das Universum um Hilfe für ihren Sieg zu bitten.

Ich bin so froh, dass der **Achselfurzer** es nicht ins Finale geschafft hat. Die Eintrittskarten kosten nur 2,50 Pfund, aber es gibt ein paar Dinge, für die ich bezahlen würde, um sie **nicht** zu sehen. Es gibt drei Tanzvorführungen, vier Sänger, Liams Band und noch etwas, das **Repercussion** heißt – was auch immer das ist. Oh, und der Hund von jemandem hat es ins Finale geschafft – das ist kein Witz. Wenn ich gleich gewusst hätte, dass Hunde erlaubt sind, hätte ich mir vielleicht überlegt, mit Rolo teilzunehmen. Obwohl, wenn ich genauer drüber nachdenke, wahrscheinlich doch nicht. Er würde versuchen, jedem das Mittagessen wegzufressen oder so was.

Nur noch eine Woche bis zum Finale, und der Hype in der Schule ist unglaublich. Ehrlich, Simon Cowell könnte von St. Jude's noch das eine oder andere darüber lernen, wie man Leute in den **Wahnsinn** treibt. Alle reden darüber, wer ihr Lieblingsact ist, und zwischen den Fans brechen Wettstreite aus. Selbst Molly hat aufgehört, in der Mittagspause Flyer von **Wolfsbrüder** zu verteilen. Ich weiß, für wen ich abstimmen werde. Blut ist vielleicht dicker als Wasser, aber man kann sieben Jahre Freundschaft nicht einfach ignorieren, auch wenn es gerade nicht so gut läuft. In der Vergangenheit war sie für mich da. Ich kann sie also wenigstens jetzt unterstützen, ob sie es will oder nicht.

Ich bin wirklich froh, dass ich mich entschieden habe, nicht bei SJHT mitzumachen. Liam ist so müde von all den Extraproben, die **Wolfsbrüder** eingelegt haben, dass er kaum einen vernünftigen Satz hervorbringt. Ein paar Leute (das heißt ich) könnten das für eine gute Sache halten, aber ich glaube, Dad macht sich Sorgen, dass Liam heute beim Finale auf der Bühne **in Ohnmacht** fällt. Er hat versucht, ihm heute Morgen beim Frühstück Mut zuzusprechen – Liam hat nur gegrunzt wie ein **Zombie** und seinen Toast gemampft. Wenigstens ist morgen Wochenende, und der Wettbewerb ist vorbei – ich nehme an, dann kann er den ganzen Tag lang schlafen, wenn er will, und wir können uns alle ein bisschen entspannen. Außer Mum, für die es nirgendwo mehr bequem ist und die aussieht, als würde sie gleich platzen.

Das Schultheater war die letzten zwei Tage

gesperrt, damit es dekoriert werden konnte. Es gibt Gerüchte, dass der Fachbereich Theater drei gigantische, leuchtende X über den Jurysitzen aufgebaut hat und dass unsere Konrektorin, Mrs Pitt-Rivers, **die Hüften schwingen** wird, während die Stimmen ausgezählt werden. Ich habe keine Ahnung, ob eins von diesen Gerüchten wahr ist, aber ich bin ziemlich sicher, dass niemand sehen will, wie Mrs Pitt-Rivers **tanzt**.

Die Spannung, die in der Luft lag, hatte fast die Fiebergrenze erreicht, als wir alle in das Theater strömten und uns setzten. Ein mächtig großes **St. Jude's hat Talent**-Banner hing über der Bühne, umgeben von roten, weißen und blauen Ballons, und an jeder Seite war ein riesiger

Bildschirm. Auf jedem Sitz lag ein Stimmzettel. Ich tauschte einen aufgeregten Blick mit Sina. Irgendwann in den nächsten neunzig Minuten könnte Molly den **St. Jude's hat Talent**-Pokal mit nach Hause nehmen. Dann wäre sie so was wie ein Promi an der Schule!

Mrs Pitt-Rivers kletterte die Stufen zur Bühne hinauf und wartete, dass das Gemurmel sich legte. Unterdrücktes Kichern brach aus, und wahrscheinlich fragten sich die Leute, ob die Gerüchte wahr waren. Ich hatte meine Zweifel – sie hatte bestimmt nicht vor, in dem langen Tweedrock und der zipfeligen Strickjacke **herumzutanzen**.

„Willkommen zum allerersten **St. Jude's hat Talent**!", sagte sie, und das Mikrofon kreischte durch eine Rückkopplung. „Eine Reihe großartiger Acts warten heute Nachmittag auf euch, aber zuerst heißt bitte unsere Jury willkommen!"

Wir klatschten, als Musik ertönte und die drei Jurymitglieder – der Stufenleiter der Zehnten, Mr Bearman und der Direktor – ihre Plätze vor der Bühne einnahmen.

Mrs Pitt-Rivers hob wieder ihr Mikrofon. „Und so funktioniert der Wettbewerb: Jeder Act wird einmal auftreten. Ihr habt die Chance, für euren Favoriten abzustimmen. Dann wird die Jury den Gesamtgewinner aus den drei beliebtesten Acts auswählen."

Die weißen Bildschirme an beiden Seiten der Bühne flackerten auf, und die Namen der Acts erschienen in der Reihenfolge ihres Auftritts, nahm ich an. Molly war an vierter Stelle, nach **Pom-Pom, dem putzigen Pudel**.

Wolfsbrüder waren die Vorletzten, nach **True Street Crew**, aber vor **Repercussion**.

„Und jetzt, Applaus für unsere ersten Darsteller – **Tango x 2!**"

Klatschend verließ Mrs Pitt-Rivers die Bühne, und ein Junge und ein Mädchen, die ich flüchtig als Zehntklässler erkannte, kamen herauf. Das Mädchen trug ein hautenges rotes Kleid, das bis zu ihrem Oberschenkel geschlitzt war, und ihr Partner hatte ein dazu passendes rotes Hemd und eine schwarze Hose an. Ich wusste, dass sie gut sein würden, bevor sie nur einen Schritt getanzt hatten.

Und das waren sie. Sie sahen so aus, als wären sie geradewegs **Let's Dance** entsprungen. Der nächste Act war ein Junge aus der Achten, der **„Baby"** von Justin Bieber sang. Er war auch nicht schlecht. Bis jetzt waren beide Acts toll gewesen, und ich machte mir allmählich ein bisschen Sorgen um Molly. Es war eine Weile her, dass ich sie hatte singen hören. War sie gut genug, um all diese hervorragenden Darsteller zu schlagen? Das Niveau war sehr hoch. Dann kam Pom-Pom, der putzige Pudel, mit seinem Besitzer auf die Bühne, und es lief etwas schief. Ich will nicht ins Detail gehen, aber sagen wir einfach, sie hätten ihn besser den pupsenden Pudel nennen sollen.

Es dauerte ein paar lange Minuten, um nach Pom-Pom sauber zu machen, und meine Nerven flatterten immer mehr. Neben mir knabberte Sina an ihren Fingernägeln, als Molly auf die Bühne kam. Wir hätten uns aber keine Sorgen machen müssen – sie war unglaublich **toll**. Sie stand da, als wäre sie zum Auftreten geboren, und sang „You raise me up" von einem amerikanischen Typen namens Josh Groban. Ihre Stimme war lupenrein und wunderschön, und das ganze

Theater war wie gebannt. Ich schwöre, dass sich Mrs Pitt-Rivers am Ende sogar verstohlen eine Träne aus den Augen wischte, und es gab tosenden Applaus.

Danach kam ein weiterer Tanz-Act, gefolgt von einer Sängerin, die nicht mal annähernd so gut war wie Molly, und einem Jungen, der seinen Text vergessen hatte. Dann trat **True Street Crew** auf, und ihre Darbietung war mit scharfen Bewegungen vollgestopft. Ich erkannte ein paar Kids aus der Siebten in der Gruppe. An einem anderen Tag hätten sie vielleicht meine Stimme bekommen.

Als etwa die Hälfte des Auftritts vorbei war, vibrierte mein Handy in meiner Tasche. Ich zog es heraus und sah eine SMS von Liam:

Triff dich mit mir im Flur.
SOFORT.

Ich runzelte die Stirn. Warum simste er mir? Musste er nicht gleich auf die Bühne?

Warum?, antwortete ich und gab acht, dass mich kein Lehrer dabei beobachtete. Das Letzte, was ich brauchte, war, dass mein Handy an einem Freitagmittag eingezogen wurde.

Nicht mal zehn Sekunden später vibrierte mein Handy schon wieder. **Mach es einfach!**

Missmutig schaute ich an meiner Sitzreihe entlang. Ich würde jeden bitten müssen aufzustehen, um mich hinauszulassen. Die Leute würden sich beschweren. Was auch immer Liam wollte, es musste warten.

Meine Tasche brummte hartnäckig. **Beeil dich! Es ist wichtig!**

Ich seufzte und beugte mich zu Sina hinüber. „Ich muss weg. Bin gleich zurück."

Verwirrt stand sie halb auf, und ich quetschte

mich an ihr vorbei. Kopfschütteln und Murren machten sich breit, als ich mir meinen Weg durch die Sitzreihe bahnte. Dann war ich im Gang und eilte zum Ausgang.

Einer der Lehrer hielt mich an. „Wo gehst du hin?"

„Toilette", flüsterte ich. Als ich merkte, dass er kurz davor war, mich auf meinen Sitz zurückzuschicken, improvisierte ich noch ein bisschen. „Ich glaube, ich habe vielleicht diesen Magen-Darm-Virus, der gerade umgeht. Den richtig schlimmen."

Ich habe noch nie jemanden so schnell zurückweichen sehen und nehme an, er hatte Pläne fürs Wochenende.

„Komm gleich zurück, wenn du fertig bist", sagte er und hielt sich unwillkürlich die Hand vor den Mund. „Mach, so schnell du kannst."

Ich nickte und schlüpfte hinaus in den Flur. Die Tür zum Theater schloss sich hinter mir und dämpfte die Musik von **True Street Crew**, und ich schaute mich nach Liam um. Er trieb sich am Ende des Flurs herum, neben den Türen zu den Umkleiden. Ich runzelte die Stirn. War er wirklich als Werwolf verkleidet?

„Liam!", flüsterte ich laut. „Was willst du?"

Er drehte sich um und sah mich. Als er heraneilte, begriff ich, dass sein Gesichtsausdruck nicht der eines nervösen Darstellers war. Er war besorgt.

„Ich habe gerade eine SMS von Dad bekommen", sagte er mit belegter Stimme. „Mum wurde ins Krankenhaus gebracht. Wir müssen gehen, sofort."

KAPITEL 18

Bei Liams Worten drehte sich mir der Magen um, und die **Übelkeit**, die ich erfunden hatte, um aus dem Theater zu kommen, kam mir plötzlich sehr echt vor. Die Babys waren erst am zweiten Weihnachtstag fällig – wenn sie jetzt schon auf dem Weg waren, wären sie über drei Wochen zu früh. Das konnte nichts Gutes bedeuten.

„Was ist passiert?", fragte ich. „Stimmt irgendwas mit ihnen nicht?"

Er schüttelte den Kopf. „Ich glaube nicht.

Dad hat gesagt, Mums Fruchtblase ist geplatzt, und das Krankenhaus hat gemeint, sie sollen so schnell wie möglich kommen. Tante Jane holt uns ab."

Ich starrte auf sein weißes Gesicht und zwang mich, langsam zu atmen. „Er hat also nicht gesagt, dass es irgendwelche Probleme gibt? Nur dass sie keine Zeit verlieren sollten, ins Krankenhaus zu fahren?"

Liam blickte auf sein Handy. „Ja. Ich habe den Jungs gesagt, dass ich nicht mit ihnen auf die Bühne kann. Sie verstehen das."

Ich beugte mich vor und las die SMS von Dad. Es wurde nirgendwo von irgendeiner echten Gefahr gesprochen, und eigentlich klang es so, als ob alles unter Kontrolle wäre. Meine Bauchmuskeln entkrampften sich, und ich begann, mich zu entspannen. Das Krankenhaus war wahrscheinlich vorsichtig. Sicher sagen sie allen schwangeren Frauen, dass sie kommen sollen, sobald die Fruchtblase geplatzt ist, erst recht denjenigen, die Zwillinge erwarten. Es dauerte wahrscheinlich noch eine Ewigkeit. Wie gesagt, ich hatte **Ein Baby pro Minute** gesehen, und manchmal dauert es Tage. Dann drang Liams letzter Kommentar bis zu meinem Gehirn durch. „Du gehst nicht auf die Bühne? Warum nicht?“

Er fuhr sich nervös mit der Hand durch sein mit Wachs zugeklatschtes Haar. „Ich kann nicht. Wir müssen ins Krankenhaus.“

Im Theater erklang Applaus. **True Street Crew** hatte anscheinend den Auftritt beendet.

Ich schüttelte meinen Kopf. „Du solltest mit der Band auftreten“, erklärte ich ihm und war erstaunt, wie viel ruhiger ich war als er. „Tante Jane wird eine Weile brauchen, bis sie erst mal durch die Stadt gefahren ist, und zehn Minuten später machen auch keinen Unterschied."

Er warf einen sehnsüchtigen Blick zurück auf den Bühneneingang. „Meinst du? Mum und Dad macht es nichts aus?"

„Ich glaube, die haben gerade andere Dinge im Kopf." Ich schnitt eine Grimasse. „Wahrscheinlich haben sie sogar vergessen, dass es uns gibt. Daran sollten wir uns schon mal gewöhnen."

Er zögerte immer noch, und ich scheuchte ihn zum Bühneneingang.

„Sieh mal, ich simse Dad und frage nach, ob alles okay ist. Jetzt geh, sonst verpasst du deinen großen Moment."

Er warf mir einen dankbaren Blick zu, drehte sich um und rannte zum Bühneneingang. Ich schickte schnell eine SMS an Dad raus und eine an Tante Jane, dann eilte ich zurück ins Theater.

Wenige Sekunden später erschienen **Wolfsbrüder** in ihren abgefahrenen Werwolf-Kostümen auf der Bühne, und wilder Applaus brach los. Ich bahnte mir den Weg zu meinem Sitz und war beeindruckt von dem Jubel. Offensichtlich waren **Wolfsbrüder** beliebter, als ich gedacht hatte.

Als sie erst mal angefangen hatten zu spielen, wusste ich, warum – sie waren **richtig** gut. Durch die ganzen Extraproben hatte sich Liams Gitarrenspiel verbessert, und der Frontmann schrie nicht halb so viel wie letztes Mal, als ich sie hatte spielen hören. Vielleicht ist Liams Traum, ein Rockstar zu werden, doch nicht so verrückt, wie ich dachte.

Sina sah genauso erstaunt aus wie ich, dass sie nicht verkackten. Sie zog ein **verwundertes** Gesicht, als ich mich setzte. Ich sagte ihr nicht, was ich gemacht hatte. Ich würde auf ein Update von Dad warten, bevor ich alles erklärte.

Wolfsbrüder endeten mit einem Wirbel aus Trommel- und heulenden Gitarrenklängen. Um mich herum standen die Leute auf und jubelten. Ich kaute nervös auf meiner Lippe. Der Gesamtgewinner musste wirklich tough sein. Plötzlich war ich nicht mehr sicher, dass Molly die Katze schon im Sack hatte.

Der letzte Act, **Repercussion**, kam auf die Bühne. Es waren etwa zehn Leute, hauptsächlich aus den Jahrgängen zehn und elf. Sie hatten keine Instrumente, aber ein paar trugen Blechdosen, andere ein paar lange, dicke Stöcke, und ein paar hatten Besen in der Hand. Keiner im Publikum schien zu wissen, was ihn erwartete. Dann schnappte Sina nach Luft.

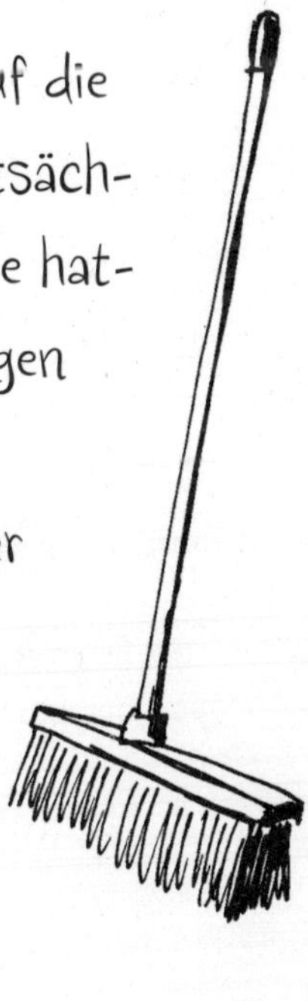

„Ich weiß, was das ist!“, flüsterte sie mir zu. „Mein Dad hat mich zu dieser Show in London mitgenommen, die heißt **STOMP**. Im Grunde genommen trommeln sie, dabei benutzen sie ganz alltägliche Dinge. Ich wette, das machen **Repercussion** auch.“

Ich schnitt eine Grimasse – das hörte sich nach einer schrecklichen Idee an. Aber dann fingen sie an zu spielen, zuerst ganz sanft, ein klopfender Rhythmus, der mit den Besenborsten auf den Boden gefegt wurde. Schritt für Schritt wurde es lauter, mit immer mehr Geräuschen aus den unwahrscheinlichsten Instrumenten – wer hätte gedacht, dass ein Fast-Food-Karton einen Ton machen kann? Schon bald rockte das ganze Theater zum Beat der Blechdosen, Flaschen und Stöcke. Die Besen wurden durch Stahlfässer ersetzt, und die Bewegungen waren so schnell, dass es hypnotisch wirkte. Ich guckte zu, ganz fasziniert, und vergaß sogar für ein paar Minuten Mum und Dad und die Babys.

Als **Repercussion** den Höhepunkt erreichten, klang es, als ob jede einzelne Person im Theater mit den Füßen den Rhythmus auf den Boden klopfte. Als das letzte Krachen der Fässer verebbte, gab es einen Moment ehrfürchtiger Stille, dann spielten wir alle verrückt. Ich hatte keine Ahnung, dass Besen und Blechdosen sich so cool anhören konnten!

Der Applaus dauerte eine Ewigkeit, aber ich war zu beschäftigt damit, mein Handy auf Nachrichten von Dad oder Tante Jane zu überprüfen, um lange zu klatschen. Mir **drehte** sich wieder der Magen um, als ich das leere Display sah – keine Neuigkeiten mussten gute Neuigkeiten sein, nicht wahr? Als der Lärm sich langsam legte, kam Mrs Pitt-Rivers zurück auf die Bühne und sagte, es sei Zeit für eine Entscheidung. Um mich herum griffen die Leute nach ihren Stimmzetteln. Ich starrte auf meinen hinunter und versuchte, meine Besorgnis zu verdrängen. Eine halbe Stunde früher war ich noch sicher gewesen, wer meine Stimme kriegen würde, aber jetzt? Mein Stift schwebte eine Sekunde lang über **Wolfsbrüder.** Sie hatten es echt voll gebracht, und Liam **war** immer noch mein Bruder, auch wenn ich normalerweise so tat, als ob er es nicht wäre. Und vor ein paar Minuten, als er sich Sorgen um Mum und die Zwillinge gemacht hatte, hatte er fast menschlich gewirkt. Aber Molly war auch großartig gewesen, und wir waren schon immer Freundinnen. Na ja, von den letzten sechs Wochen mal abgesehen natürlich, aber das war jetzt egal. Ich traf eine Entscheidung, setzte einen großen Haken neben ihren Namen und blickte gerade noch rechtzeitig zu Sina hinüber, um zu sehen, dass sie das Gleiche tat. Molly war vielleicht nicht jedermanns Wahl, aber für uns war sie auf jeden Fall eine **Gewinnerin**.

KAPITEL 19

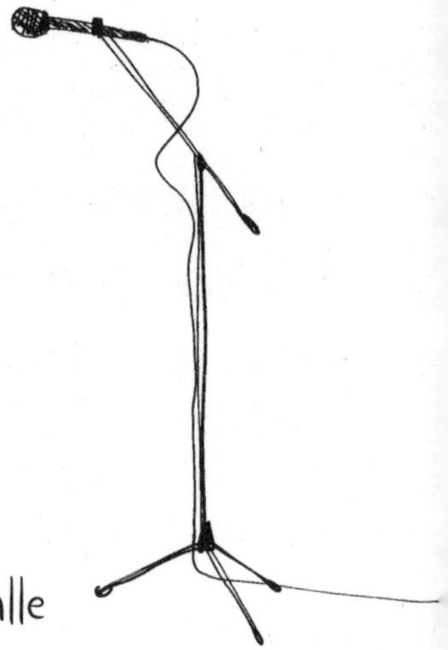

„Also, ich bin sicher, dass Sie mir alle recht geben, wenn ich sage: St. Jude's hat eine Menge sehr talentierter Schüler!"

Nach einer ewig langen Wartezeit, in der ich mein Handy so oft auf Nachrichten überprüfte, dass es ganz heiß wurde, stand Mrs Pitt-Rivers wieder auf der Bühne, und zehn nervöse Acts waren hinter ihr aufgereiht. Ein Schweißfilm schimmerte auf Liams Stirn, und Molly sah aus, als müsste sie sich jeden Moment übergeben.

Als ich ein weiteres Mal kurz auf mein Handy spähte, wusste ich, wie sie sich fühlte.

„Die Stimmen sind ausgezählt, und die Jury hat sich beraten“, fuhr die Konrektorin fort. „Jetzt ist es an der Zeit, den Gewinner von **St. Jude's hat Talent** zu verkünden!“

Ich hielt den Atem an und drückte die Daumen. Würde es Molly sein? Oder hatte einer der anderen Acts sie übertrumpft?

Mrs Pitt-Rivers hielt einen Zettel hoch und räusperte sich. „Auf dem dritten Platz ... **Molly Papadopoulos**!“

Ich stieß einen Schrei aus und klatschte so laut, dass mir die Hände wehtaten. Neben mir stampfte Sina anerkennend mit den Füßen. Molly sah ehrlich erfreut aus und winkte dem jubelnden Publikum zu.

„Auf dem zweiten Platz ... **Wolfsbrüder**!“

Für einen Moment lang war ich automatisch **empört** – Molly war doch viel besser gewesen als die Band –, bis mir wieder einfiel, dass **Wolfsbrüder** wirklich gut gewesen waren, und ich jubelte mit dem Rest der Menge. Aber wenn Liam Zweiter war und Molly Dritte, wer war an erster Stelle?

„Und auf dem ersten Platz, nach einer atemberaubenden Aufführung ... **Repercussion**!"

Der Applaus war so laut, dass mir fast die Trommelfelle platzten. **Repercussion** traten vor, um den Pokal und den Scheck von dem lächelnden Direktor entgegenzunehmen. Sina sah mich schulterzuckend an. Keine von uns konnte abstreiten, dass **Repercussion** großartig gewesen waren und es wahrscheinlich verdienten, zu gewinnen. Aber wir beide wünschten uns, Molly hätte den ersten Platz gemacht.

Als **Repercussion** lächelten und den Pokal hochhielten, vibrierte das Handy in meiner Tasche. Ich wagte kaum zu atmen und las die SMS: **Zwillinge sind gelandet! Kommt, so schnell ihr könnt! Alles Liebe, Dad**

Mein Herz wurde so weit, dass ich dachte, es würde platzen. Ich beugte mich zu Sina hinüber und schlang ihr die Arme um den Hals. Schockiert starrte sie mich an.

„Äh … okay. Was ist los?"

Ich zeigte ihr mein Handy, und ein riesiges Grinsen erschien auf ihrem Gesicht. **„Herzlichen Glückwunsch!"**

„Danke!", gab ich zurück, und das Wort kam wie ein aufgeregtes Quieken heraus. „Ich kann nicht fassen, dass ich endlich eine große Schwester bin!"

Ich schaute zur Bühne, wo Liam mit seinem Blick die Menge nach mir absuchte, und hielt ihm den hochgereckten Daumen entgegen. Grinsend wiederholte er die Geste. Während die Acts herumstanden und sich gegenseitig gratulierten, läutete die Schulglocke das Ende des Schultags ein. Alle standen auf, um das Theater zu verlassen. Mein Handy summte schon wieder. Dieses Mal war es Tante Jane: **Stecke im Stau! Komme so bald wie möglich!**

Ich warf mir meine Tasche über die Schulter und quetschte mich wieder an Sina vorbei. „Ich gehe besser, meine Tante ist auf dem Weg. Ich schicke dir ein Foto, sobald ich eins habe."

Sie nickte. „Gib ihnen einen Kuss von ihrer Tante Sina."

Ich war schon halb die Treppe runter, als irgendjemand meinen Namen rief. Als ich mich umdrehte, sah ich, dass es Nathan war. Ich blieb stehen und wartete, bis er mich eingeholt hatte.

„Schade um Molly", sagte er. „Aber **Repercussion** waren gut, denke ich."

„Ja, waren sie. Und Molly sieht mit ihrem dritten Platz ganz glücklich aus." Ich lächelte. „Wenigstens hat sie diesen komischen Pudel geschlagen."

„Stimmt." Er hustete und räusperte sich. Wenn ich es nicht besser gewusst hätte, hätte ich gesagt, dass er nervös war. „Ich habe mich gefragt, ob du dieses Wochenende da bist? Ich dachte, wir könnten zusammen fürs Quiz pauken oder so was."

Mir fiel die Klappe runter. Schnell machte ich sie zu. Fragte er mich gerade, ob ich mit ihm ausgehen wollte? Oder meinte er eine Lern-Sitzung mit dem ganzen Team SJ? Dann fiel mir ein, dass es so oder so keine Rolle spielte. Ich konnte nicht.

„Genau genommen bin ich gerade auf dem Weg zum Krankenhaus“, erklärte ich. „Meine Mum hat die Zwillinge bekommen.“

Sein Gesicht hellte sich auf. „Wirklich? Wie cool – Glückwunsch!“

Wie sollte ich ihm antworten, ohne wie eine Idiotin dazustehen, falls er ein Gruppentreffen gemeint hatte? Ich dachte nach. „Aber in den Weihnachtsferien habe ich auf jeden Fall Zeit.“

Er grinste. „Das ist gut zu wissen.“

Ich lächelte zurück, und wir standen eine Ewigkeit da und grinsten uns an, bis Nathan schließlich

blinzelte und sagte: „Ähm ... solltest du jetzt nicht besser gehen?“

Oh Gott, er hatte **recht**. Aber erst musste ich noch etwas erledigen.

Molly sah mich kommen, doch bevor sie auch nur ein Wort sagen konnte, hielt ich ihr die Hand hin. Darin war ein Schokoriegel mit Brauseperlen.

„Waffenstillstand?“, fragte ich und gab mir Mühe, dass meine Stimme nicht zitterte.

Für einen Moment dachte ich, sie würde ablehnen, aber dann nahm sie die Süßigkeit und nickte. Bevor sie ihre Meinung ändern konnte, schloss ich sie **ganz fest** in meine Arme.

„Du warst **großartig**! Ich habe absolut für dich gestimmt!“, quietschte ich.

„Danke“, sagte sie und umarmte mich auch. „Das will schon was heißen, besonders weil **Wolfsbrüder** so gut waren.“

An einem anderen Tag hätte ich sie gefragt, ob sie verrückt wäre, aber heute nicht. „Ja, sie waren nicht schlecht." Ich zögerte, und dann preschte ich vor, bevor ich wieder die Nerven verlor. „Bitte, können wir aufhören zu streiten und wieder Freundinnen sein? Ich habe dich wirklich vermisst."

„Ich habe dich auch vermisst", antwortete sie mit glänzenden Augen.

„Hör zu, ich muss jetzt los und die Zwillinge besuchen. Aber ich rufe dich am Wochenende an. Oh, und Sina ist hier irgendwo, falls du den **Schokoriegel** mit jemandem teilen möchtest."

Sie lächelte, und plötzlich war es, als hätte es die letzten sechs Wochen nie gegeben. „Danke, das mache ich. Melde dich bald, Charly."

Ich ließ sie stehen und fand Liam, wie er einen vom **Repercussion**-Team beglückwünschte. Ich wartete, dass er mich bemerkte und aufhörte zu reden. Er tat es nicht, und mir wurde klar, dass dieser kurze Moment, in dem wir so etwas wie Gleichgestellte gewesen waren, vorbei war.

Na ja, fast vorbei. „Hallo? Tante Jane wird jeden Moment hier sein", erstickte ich das innige Männergespräch im Keim. „Bist du fertig?"

Liam nickte. „Ja, meine **Kumpels** kümmern sich um mein Zeug. Lass uns abdampfen."

Jetzt, da er sich keine Sorgen mehr um Mum und die Babys machte, war er wieder so ein Idiot wie vorher. Wer sagt denn noch Kumpels? Kopfschüttelnd folgte ich ihm aus dem Theater, aber ich konnte meine Aufregung nicht ganz unterdrücken. Ich und meine **besten Freundinnen** waren wieder vereint, Nathan will mit mir ausgehen oder vielleicht auch nicht (kreisch!), und ich würde gleich zum ersten Mal die Zwillinge sehen.

Der Montag kann kommen, dachte ich fröhlich. Ich, Molly und Sina hatten **einiges** zu besprechen.

Gründe, um fröhlich zu sein

* Ich, Sina und Molly sind wieder beste Freundinnen – hurra!

* Obwohl ich nicht das Superhirn bin, für das mich alle gehalten haben, war ich trotzdem ein bisschen die Quiz-Königin!

* Der coolste Junge in unserer Stufe findet, dass ich rocke! Und wir treffen uns in den Weihnachtsferien, um unsere Strategie für den Landeswettbewerb zu planen. Nur wir beide!

* Habe festgestellt, dass Liam nicht immer ein schwachsinniger Vollpfosten ist.

* Ich bin endlich eine große Schwester!

* Trotz eines nicht sehr viel versprechenden Starts war mein erstes Trimester auf St. Jude's am Ende ein voller Erfolg.

KAPITEL 20

Es dauerte so lange, durch den Verkehr zu kommen, dass ich ziemlich sicher war, die Zwillinge würden schon **laufen**, wenn wir sie endlich erreicht hätten. Im Krankenhaus roch es nach Bleich- und Desinfektionsmittel, aber angesichts der Tatsache, dass wir von neugeborenen Babys umgeben waren, hätte es viel schlimmer sein können.

Mum hatte ein eigenes kleines Zimmer, abseits vom Trubel der Station. Nachdem ihre Fruchtblase geplatzt war, waren sie und Dad schnell zum Krankenhaus gefahren und gerade noch rechtzeitig angekommen. Er musste den Wagen vor dem Kreißsaal stehen lassen und mit einer schwer keuchenden Mum hineineilen. Die Hebammen hatten sie gerade auf ein Bett gelegt, als der erste Zwilling, **Joshua**, gekommen war. Seine Schwester, **Elsie**, kam ein paar Minuten später.

„Ich hatte nicht mal Zeit für irgendwelche Medikamente", sagte Mum und zuckte bei der Erinnerung zusammen. „Allerdings hat euer Dad etwas von dem Gas-Luft-Gemisch bekommen."

Ha, hört sich ganz danach an, dachte ich, als Dad überhaupt nicht peinlich berührt war. Ich wette, die Hebammen haben ihn geliebt. Ich hoffte nur, dass er nicht als Elvis losgelegt hatte, so wie damals, als ich und Liam geboren worden waren. Und ich hoffte wirklich, dass er sich nicht für **„Return to Sender"** entschieden hatte.

Die Zwillinge waren noch **schrumpeliger**, als ich sie mir vorgestellt hatte. Als ich auf meinen Bruder und meine Schwester mit ihren winzigen, zerknautschten Gesichtern blickte, spürte ich ein plötzliches Aufwallen von Liebe für meine Familie. Jetzt, da die Zwillinge hier waren, fühlte es sich so an, als ob wir irgendwie vollständig waren. Ich nahm mir vor, die beste große Schwester aller Zeiten zu werden. Natürlich mussten sie auch mit dem schlimmsten großen Bruder zurechtkommen, aber daran konnte ich nicht viel ändern. Und vielleicht war er ja gar nicht so schlimm. Nach dem **rührseligen** Ausdruck auf seinem Gesicht zu urteilen, war er genauso vernarrt in sie wie ich.

Ich schaute zu Mum und Dad, offensichtlich erschöpft, aber strahlend vor Glück, und fühlte mich wie betäubt. Erzähl niemandem, dass ich das gesagt habe, aber vielleicht – nur vielleicht – bin ich doch froh, dass ich nicht adoptiert wurde.

ENDE

Tamsyn Murray wurde in Cornwall im chinesischen Jahr der Ratte geboren. Deshalb ist sie an guten Tagen liebenswert, kreativ und neugierig, an schlechten ruhelos und ungenießbar.

© Tamsyn Murray

Nachdem sie in ihrer Kindheit häufig umgezogen ist, lebt sie heute mit ihrer Familie in Hertfordshire, England. Ihr Geist neigt allerdings dazu, der Wirklichkeit zu entfliehen und sich an erfundenen Orten herumzutreiben (was ihr beim Schreiben sehr hilft).

Tamsyn entwirft Geschichten für alle Altersgruppen, von Bilderbüchern bis hin zu Büchern für junge Erwachsene. Außerdem unterrichtet sie an der City University in London Kreatives Schreiben.

Rae Earl

Hilfe, ist das mein Leben?

Ich will hier raus!

Frech, witzig und originell!

Hattie hat es nicht leicht. Das fängt schon damit an, dass sie als 14-Jährige immer noch in Dino-Bettwäsche schlafen muss. Wie uncool ist das denn?! Und dann ist sie auch noch mit einem nervigen älteren Bruder und einer ständig gestressten Mutter gestraft. Ganz zu schweigen von einer Oma, die verrückt nach Zumba ist, hautenge Jeans trägt und unanständige SMS an ihren Zahnarzt verschickt (angeblich aus Versehen …). Zum Glück hat Hattie zwei beste Freundinnen, die immer zu ihr stehen!

Hattie muss man einfach lieben – so macht Erwachsenwerden Spaß!

384 Seiten, gebunden
€ 12,99 [D]
ISBN 978-3-505-13697-9

www.schneiderbuch.de

Schneiderbuch
EGMONT

Linn live

Gaaanz nett will sie zu ihren neuen Mitschülern sein, hat Linn sich vorgenommen. Doch das geht leider schon vor der ersten Stunde schief. Da stößt sie nämlich mit Evelyn Augsblatt, dem blonden Star der 7b, zusammen. Nachdem Linn ihr zweimal auf die neuen Lackschuhe getrampelt ist (einmal aus Versehen und einmal … na ja, nicht aus Versehen), wartet der Rest der Klasse gespannt auf die Fortsetzung des Zicken-Kriegs …

Band 1: Ein Schluckauf kommt selten allein
ISBN 978-3-505-13726-6

Linn könnte Pickel kriegen, wenn sie den Namen von Evelyns Band nur hört: Three Blonde Angels. Ausgerechnet ihre Erzfeindin will mit ihrem Träller-Trio Linns coole Band beim School-Star-Wettbewerb ausstechen. Als dann auch noch der süße Moritz, der eigentlich zu Linns Band gehört, heimlich bei den Blonde Angels mitmacht, flippt Linn aus. Sie will schon alles hinschmeißen, da macht die Band ihr einen verrückten Vorschlag …

Band 2: Bubble Beats und der große Auftritt
ISBN 978-3-505-13727-3

Franziska Gehm
Linn live
je 160 Seiten, gebunden
€ 8,99 [D]

---

www.schneiderbuch.de

Schneiderbuch
EGMONT

Schneiderbuch will's wissen!
Gefallen dir unsere Bücher?
Schreib uns deine Meinung
und gewinne!
www.schneiderbuch.de/deinemeinung
An:
Schneiderbuch
Köln
Deutschland
Kinder lieben Schneiderbücher!